根本真情系列 8

憶往情深

砲火下的童年往事

林怡種 著

不可逆轉的一頁
——寫在「憶往情深」出版之前

林怡種

歷史不能重演，幸好，人的腦海記憶影像，可以倒帶重播。

幾年前，有一次名作家黃春明先生與李昂小姐應邀到金門，與地方藝文界進行一場「小說裡外生活情境」的對話與交流。

席間，黃大師說：「金門曾歷經烽火連天，多少血與淚灑在這一片土地上，親情飽嚐悲歡離合，到處都是可歌可泣的寫作題材，若不及時記錄，將隨著物換星移逐漸褪色，或因生命不斷地凋零而流失，不復記憶。」

李大師接著說：「人們走過的歷史，是不可逆轉的一頁，今天民生比以前富庶，就算有朝一日再回到和從前一樣的貧窮，但以後的貧窮，絕對和過去的貧窮不一樣。換句話說，文學反映人生，我們這一代走過的足跡，這一頁歷史應即時記下，因為，歷史是不可逆轉的一頁！」

我是金門人，出生在「八二三砲戰」前三年，正是「國、共」兩軍隔著金廈海峽爭戰最熾熱的時期，因此，我的童年歲月，沈浸在砲火硝煙之中，確有許多血與淚、可歌可泣的寫作題材。

於是，我打開腦中記憶的磁帶，讓童年的影像重播。頓時，眼前似有一把時光利劍自晴空劈下，剎那間，令我回到四十年前砲火下的金門農村。

首先，出現在眼簾底的，是砲火下窮苦的童年。意外地捕獲一隻水獺，為了換取學費，我們用鐵籠將牠抬到市場叫賣；「獵獺記」是牠被捕以及原本會被人買去剁皮燉湯吃補，卻因無人出價，無奈地抬回家野放的情景。

戰時的金門，共軍的砲彈會炸死人，島上部隊演訓彈藥亦常傷人，我親眼見到戰鬥村演習時，子彈貫穿堂伯父的胸膛，「福伯中槍」倒地痛苦哀號及村民們合力搶救，那是一幅血與淚的交織圖。

為了防止共軍進犯，金門島上無分男女全民皆兵，人人配發槍枝，每季舉行裝備檢查。有一次，我代替父親到墳場旁邊的小學值夜，看守幾百支歷經「抗日」、「古寧頭大戰」等戰役，曾殺人無數的老舊七九步槍，偏偏一隻黑貓來作亂，「難忘裝檢夜」令人餘悸猶存。

我出生在海邊，大海藏無盡，有魚、蝦、蟹、更有各種貝類，家中五兄弟，全靠到海邊撿拾貝類販賣賺取學費，才能唸到金門最高學府畢業，沒有輟學去當兵；甚而，戰地沒有補習班，「海的孩子」其中有人既無補習、也沒加分，卻無礙高分

考取醫學系。大海孕育我們成長、茁壯，更是我們時時感恩的「母親」！

「國、共」爭戰期間，除了砲彈滿天飛，還有企圖「不戰而屈人之兵」的喊話「心戰」。我家距大陸只有三、四千公尺，全天候籠罩在共軍高分貝喊話噪音之中，親身領略「記那一場沒有硝煙的戰爭」。更因金門砲彈滿天飛，孩子們經常撿拾廢彈換麥芽糖或賣錢，為了能多掙幾塊錢，我們經常從砲彈鋼胚敲下紅銅，當時根本不懂得害怕，而今每次聽到「流浪到淡水」的歌聲，便想起敲廢彈手殘、眼盲的「金門王仔」，方嚇出一身冷汗，不禁回想起「要錢不要命的童年」。

抗戰勝利以前，金門島上沒有醫療設施，居民全靠採草藥自療或求神拜佛保佑健康。民國三十八年，國軍退守金門之後，村落附近的衛生排，醫官對民眾求診「來者不拒」，而且完全免費，軍醫們為金門醫療事業奠基，「白袍將軍趙善燦」在金門戰火下行醫八年救人的過程，堪稱箇中典型。

「南丁格爾」自動請纓上前線照護傷患，類似的故事，也發生在金門，來自高雄左營眷村、護專畢業的楊玉芬，為了上前線照護傷病官兵，寫信求助於金門縣長，前兩封分別以「無職缺」和「非國防醫學院畢業」為由遭婉拒，但她並不死心，再寫第三封信，表明可以不佔職缺、不領薪水，自願到戰地當照護傷患的義工，縣長終於被她感動，協助達成「戰地白衣天使」的願望。

「血絲蟲病」在金門有百年以上的流行史，平均每七人就有一人被感染，雖不是惡性傳染病，也不致於喪命，但易使人畸形殘肢、喪失工作能力。在「國防醫學院」范秉真教授和徐郁坡顧問的領導下，「金門血絲蟲病防治工作小組」歷經五年的努力，終讓百年痼疾自此根絕，個人忝為小組成員之一，謹以「白色的回憶」一文記錄全程。

金門是海島，早年醫藥不發達，且風沙為患，各村落均設有「風獅爺」當守護神，以鎮風、止煞。國軍退守金門後，為防阻共軍進犯，由司令官胡璉將軍「開立借據」，拆除村落廟宇或空屋，取其磚瓦石塊構築防禦工事；村子裡廟前的一尊風獅爺因而失蹤一甲子，卻讓我無意間挖掘出土，「發現風獅爺」記述著這段充滿「神」與「奇」的歷程。

戰火下的金門，既乏兒童才藝班，更無網路、電視，部隊官兵丟棄在垃圾坑的書刊，雖常是斷簡殘篇，卻是我鍾愛的「童年課外讀物」，箇中書刊作者，許多原在大陸辦報、編報，或是學識淵博的菁英，不乏因抗日熱血沸騰投筆從戎，他們轉戰大江南北，足跡遍及五湖三江，特別是離鄉背井、飽嚐人間悲歡離合，透過流暢文筆躍然紙上，無論是長篇或短文，篇篇文情並茂，令人百看不厭。再三研讀那些書刊，讓我熬出一股熱愛文藝的衝勁，才有機緣進入報社，寫稿與編報遂成一生的職志，更是一家老小的衣食來源。

軍管體制下，頒布許多單行法規，諸如農民牽牛上路排糞，要罰款三百元，相當於彼時教師月薪的半數，窮苦的農民繳不起罰款，只好被抓去關禁閉，衍生一些「牛糞風波」。

金門先賢蔡復一，呱呱墜地即獨眼瘸腳、佝僂駝背，先天身體殘障，但自幼聰明好學，稟賦異於常人，立下「一目觀天斗，孤腳跳龍門，龜蓋朝天子，麻面滿天星」的宏願，曾官拜御史總督，獲賜以「尚方寶劍」，統兵鎮守西南五省，每天案牘勞形，幾乎廢寢忘食，夫人李氏耽心夫婿餓壞身體，以麵粉製成拭餅皮，包捲飯菜供其充飢，衍生每逢元宵、清明時節，閩南地區民間有食「拭餅」的習俗。我的童年，有一段「賣拭餅的日子」。

砲火下的童年往事，記憶非常深刻，回想起來特別溫馨。只可惜個人沒有生花妙筆，未能寫出可歌可泣的篇章，只能將當年見聞存於腦海中的影像倒帶重播，以文字記錄而已。

《憶往情深》一書，彙集砲火下的童年往事系列文稿，正有感於黃大師的提醒，趁著記憶尚未退化及時記錄，以告慰過往，更為當年拚搏的軍民致敬。本書是個人出版的第八本作品，與先前的「根本真情系列」一般，祈望藉著書刊的發行，讓更多人認識戰火下的金門，並為「不可逆轉的一頁」作見證！

目次

獵獺記

海島的金門，屬於亞熱帶海洋型氣候，春、夏熏風送暖，多雨濕熱，低窪處水滿草長；秋、冬受大陸冷氣團影響，雨少乾冷，湖庫水位低落，甚至乾涸見底。

一般而言，農村的水塘，主要供作蓄水灌溉，也兼作飼魚與養鴨，對農戶具有多重的經濟效益。因為，農民只要擁有一口水塘，除了隨時可撈捕肥碩的草鰱、鯉魚和鯽魚佐餐，且在「立冬」寒流來襲時，也有紅面番鴨可宰殺進補。

自古以來，農民靠天吃飯，無不祈望風調雨順，才能五穀豐登、六畜興旺，即便春天在池塘裡放養魚苗，年底能不能有收成，尚在未定之天！因為，冬季池塘水位低落，塘裡的魚兒活動空間愈來愈小，在還沒有乾涸竭澤之前，白天，海鳥群集翱翔於水塘上空，虎視眈眈塘裡的游魚；晚上，晝伏夜出的水獺，亦徘徊塘邊覬覦鮮美的飼魚，養殖戶若不設法防範，魚蝦被偷吃一空，辛苦一整年的心血將付諸流水。

當然，天空任鳥飛，海鳥種類繁多，有燕鷗、有鸕鶿、有雁鴨等等，數量龐大，且成群結隊，牠們能翱翔天空，伺機俯衝進水塘裡叼食游魚、或棲息於塘裡，潛入水底吞食魚蝦，農民想防範牠們偷吃，著實防不勝防。幸好，海鳥通常只捕食小魚兒，對農民損害比較小。

最令人困擾的是水獺，那是一種水、陸兩棲的哺乳性動物，常棲息於溪流、池塘附近濕地，以魚、蝦為主食，性喜晝伏夜出，行動非常敏捷，不但擅泳能潛，亦可在陸地上行走，特別是水性尤佳，能躺在水中隨波逐流睡覺，更能長時間潛入水中捕魚，身手矯健，被盯住的魚兒，無一能逃過其猛爪利牙。因此，假若水塘邊有水獺出沒，那麼，塘裡一些比較大的魚，必定會被逐一吃光，所以，水獺對農民的傷害，倍蓰於盤旋水塘的海鳥，令養殖戶深惡痛絕。

雖然，水獺晝伏夜出，警覺性高，且行動敏捷，不易被人們發覺。但所謂「凡走過，必留下痕跡！」水獺自是不能例外，只要牠為覓食在水塘邊出沒，塘邊的泥灘必留下牠走過的足跡，只要用心觀察，都不難發現水塘邊有沒有水獺出沒。

值得一提的是，水獺構築巢穴，洞口往往在水面之下，並銜咬樹皮或葉脈鋪陳加以偽裝，防範天敵發現入侵，但洞穴卻高於水面之上，尤其，母獺更是小心謹慎，出入巢穴必定立即推土封住洞口，其聰明與機敏，由此管中窺豹，可見一斑！

小時候，我們家的菜園旁邊，有一個村民供蓄水飼魚與養鴨的池塘，外加上游串連的六口池塘，恰如北斗七星，村民合稱為「七星池」，這七口水塘的洩洪入海口蘆葦茂密，兩側土堤蔓草叢生，正是水獺棲息的絕佳環境。也因此，水塘裡飼養的魚，常常被水獺偷吃一空，甚至紅面番鴨，也常被水獺拖進巢穴裡飽餐一頓，村民氣得牙癢癢，爭相大罵：

——辛辛苦苦養的魚，都被水獺當點心，太可惡了！

——把牠抓來爌湯，以消心頭之恨！

——……！

於是，有人提議在塘邊布置陷阱，以鮮美的鯽魚當誘餌，希望獵捕水獺，杜絕後患。

只是，水獺除了嗅覺靈敏，小心謹慎，嘴邊的兩排「腮鬚」，觸覺亦非常敏感，儘管獵戶布置在陷阱內的誘餌是碩大肥美的鮮魚，可是，水獺幾乎是連聞都不聞、連看都不看。因為，經過幾天的觀察，每當水獺腳印走近陷阱，立即掉頭離開，不敢輕易碰觸誘餌。而且，幾座布置的陷阱狀況皆差不多。換句話說，面對碩大肥美的鮮魚誘餌，水獺均敬而遠之。

獵戶設陷阱誘捕的計畫徹底失敗，在無計可施的情況下，有人提議使出殺手鐧，改以毒液注射在鮮魚體內，丟在水獺出沒的路徑，希望水獺把牠當成天上掉下來的禮物，只要叼回洞穴裡大快朵頤，待毒性發作，必定一命嗚呼！

只是，幾天下來，注射農藥丟置在水塘邊的鮮魚毒餌，禁不住風吹日曬，幾乎快被曝曬成魚乾了，而從水獺的路徑腳印研判，面對毒餌遠遠地即踅足，較諸陷阱的鮮魚更避之唯恐不及，可見水獺是多麼的聰明、謹慎！

獵戶費盡心力，忙了大半個月，連一隻水獺的形影也沒有見過，更別說捕捉一、二隻來瞧個究竟，因此，面對水獺的危害，大家束手無策，獵捕計劃宣布豎舉白旗！

有一天清晨，我到菜園協助澆水，因水塘日漸乾涸，改由轆轤從井裡打水，當我將水桶緩緩降落接近井底水面的剎那，頓覺井裡似乎有異樣，乍看之下，彷彿有一隻小貓或小狗在水面載沈載浮，迨定神仔細觀看，才發覺既不是小貓、也不是小狗，而是一隻「大老鼠」沿著井壁不停地打轉迴游；或許是水泥製的井壁平滑，鼠爪沒有著力點可向上攀爬，只得沿著井壁一趟又一趟無奈地打轉迴游。

水井位於水塘旁邊，雖然久旱不雨，但水位還不低，距井口約莫有二公尺的光景，無需用手電筒探照，定神仔細一看，即可清楚地看到一個超大的老鼠頭浮在水面，嘴邊還有兩行「腮鬚」。唯一讓人訝異的是，這隻老鼠也太大了，粗略估計，起碼有一般大老鼠的十幾、二十倍，大到讓人一眼望見，心生畏懼！

大家都知道，老鼠是人類的公敵，除了會偷吃五穀雜糧，也會破壞傢俱，更可怕的是，會傳染鼠疫疾病，在金門的歷史上，曾爆發多次大流行，以民國前五年那次最嚴重，當年缺乏醫療藥品，也沒有實施防疫工作，被感染後死亡率非常高，那一次鼠疫流行即死亡近八千人，約佔當時金門人口的五分之一強。民國成立以後，也曾有多次疫情發生，死亡人數多則數百人、少則數十人，直到民國四十二年，國軍駐守金門有了軍醫院，也落實防疫疫苗注射，並全面展開滅鼠活動，可怕的鼠疫流行疾病才宣告絕跡。

除此之外，老鼠也會寄生恙蟲，倘若人體被恙蟲叮咬，會出現發燒、頭痛、出汗、結膜充血和淋巴腺發炎腫大等症狀，若不及時診療或誤診，死亡率亦非常高，難怪古時候人們見面，最常用的關懷與問候語，即為「別來無恙？」由此可見，老鼠是人類最大的公敵，人人得而誅之！

從前，照相器材不普及，水獺晝伏夜出、行動神出鬼沒，縱然擁有照相機，想拍到牠的身影也非易事，何況，當時，農村還沒有供電，根本不知電燈是何物，更別說有網路圖片可搜尋。所以，危害農民生計的水獺，到底長得怎麼樣，幾乎沒人看過牠的真面目。

我生長在農村，無論是居住的紅磚瓦厝，或是豬舍牛欄，到處可見鼠輩出沒，看過無數大大小小的老鼠，但從未看過像掉落井底的大老鼠，備覺新奇，暗忖著如果牠真的是老鼠，則大可不必手下留情，隨地撿一片小石塊，瞄準鼠頭砸下去，只要命中目標，即可把牠送上西天，為人類除害，應屬功德一樁！

但繼之一想，倘若跌落井底的不是老鼠，而是其他的動物，所謂「救人一命，勝造七級浮屠」，就算牠不是人，僅是一隻小動物，但與他前世無冤、今世無仇，又何必當劊子手，殘害一條生命呢？

我佇立在井邊觀望，躊躇拿不定主意，恰巧，有一位村中老伯伯路過，經他仔細觀看，確認掉進井中的「大老鼠」，正是偷吃塘魚，大家千方百計想誘捕的水獺，卻徒勞無功。

如今，是牠自行掉進井底，受困爬不出來，想抓牠等於是「甕中捉鱉」，對村民來說，恰似「踏破鐵鞋無覓處，得來全不費工夫」！

水獺掉落水井的消息，很快地在村中傳開，好奇而來觀看的村民愈來愈多，大家七嘴八舌，有人建議從沒有看過水獺全貌，應設法把牠捕撈起來，看看牠的「廬山真面目」；有人則表示：水獺的毛皮非常珍貴，可以製造皮衣；更有人倡議：水獺的足、骨、膽皆可供藥用，肉可進補，如果能活捉，拿到街上去賣，一定可以賣個好價錢。

此外，也有人認為，既然水獺會偷吃魚，是危害地方的大壞蛋，快用石頭把牠砸死，以洩心頭之恨！

講歸講，做歸做，村民意見太多，紛亂雜沓、莫衷一是。

很快地，有人拿來長竹竿，綁著魚網放進井底，試圖撈捕水獺，但一眨眼的功夫，魚網即被水獺的利爪撕破，只得改弦易轍。於是，有人用打水的吊桶放進井裡，企圖把水獺撈起，可是，水獺若非閃避水桶，便是兇性大發一陣狂咬，說時遲、那時快，還沒來得及讓大家看個仔細，吊桶繩索已被獰牙利齒咬斷，鐵桶晃了晃即沈入井底，大家被嚇得目瞪口呆！

目睹水獺的兇猛，村民的臉都嚇綠了，因為，牠的獰牙利齒及指爪，萬一被噬咬的是人的血肉肢體，必定皮開肉綻，後果將不堪設想，因此，想要撈捕牠上岸，大家宜更加的小心謹慎。

然而，大夥兒仍不死心，最後，有人找來鐵鍊，繫著鐵籠放進井裡，並用竹竿驅趕，希望把水獺逼趕進鐵籠，只是，水獺擅長潛泳，只要竹竿即將碰觸到牠的軀體，便快速閃避潛入水底，大家費了九牛二虎之力，都無法將水獺趕進鐵籠。經過一次又一次的撈捕，其間水獺曾有幾次瀕臨被推進鐵籠，但在緊要關頭又被掙脫。

幾經折騰，水獺似乎是精疲力竭失去警覺，於載沈載浮之中，被竹竿一把推進鐵籠，大家趕緊關上鐵籠門蓋，並用竹竿強力壓著，慢慢拉起鐵籠之後，但見一隻前腿短、後腿長，外型酷似貓又似狸，且極為肥碩的水獺，終於原形畢露呈現在大家面前，獲得現場村民一陣歡呼。

水獺總算被撈起，但不知已落井多少時日，並在井底被折騰大半天，早已精疲力竭，但被撈上岸之後，在鐵籠裡仍張牙舞爪、兇猛無比，除了極力想掙脫牢籠，只要有人靠近，即露出猙獰的面目，隨時準備展開噬咬攻擊。

我們把鐵籠裡的水獺抬回村子裡，已是正午時分，圍觀的人更多。以前，大家都只聽聞其名，而不見其面貌，所以，一傳十、十傳百，全村的老老少少都爭相前來觀看，村民大開眼界，親眼目睹水獺的真面目！

用過午餐之後，決定將水獺送去沙美市街兜售。畢竟，農民辛苦一整年，所有的作物收成，蕃薯供作三餐主食、花生與芝麻兌換食油、玉米當作飼料養豬，幾乎沒有什麼可拿去市場賣錢，一年辛勤最大的收入，就是所飼養的豬隻可賣錢，但扣除仔豬及飼料成本，所剩無幾；其餘的，母雞生蛋，也捨不得吃，常與小販兌換麵線，或拜拜的香燭、冥紙。好不容易種出的青菜，也由於消費市場狹小，常因生產過剩，大老遠挑到市場，往往一塊錢三斤都乏人問津，只得原封不動挑回家餵豬，農民生活清苦，由此可知。

所謂「金錢萬能！」沒有錢萬萬不能，特別是生活在窮苦的年代，沒有什麼比金錢更能讓人怦然心動，既然水獺能賣錢，有了錢能買米，更能繳交學費或吃營養午餐，能幸運地抓到一隻值錢的水獺，就像到海邊捕撈到一條大魚，好歹也要拿去市場賣賣看，說不定遇到好買主，可發一筆意外財，何樂而不為？

出發之前，為恐水獺餓死，我們先以鮮魚放進鐵籠裡餵食，可是，水獺可能驚嚇過度，面對美食視若無睹。我請住在隔鄰的同班同學阿文幫忙，兩人合力以扁擔扛起鐵籠上路，沿著蜿蜒的田間小路朝著鎮上的市街快步前進，約莫半個小時的光景，便進入沙美市街。

我們抬著關著水獺的鐵籠，沿著最熱鬧、人潮最多的街道緩步前行，兩人輪流拉開嗓門，大力叫賣：

——來呀！買獺吃補啦！

——賣獺ㄟ！緊來買喔！

很快地，許多好奇的人們圍了過來，一般人普遍不曾看過水獺，大家爭相品頭論足，有

人問：

——這是狐嗎？還是狸？

——不是啦！這是水獺！

——要賣多少錢？

要賣多少錢？該賣多少錢？認真說，在我的心底，確實是一個難題，因為，從來不見有人買賣，也不像豬肉有一定的市場行情掛牌價，真的難以開價。於是，我反問：

——頭家，多少錢您才願買？

——喔！我只是隨便問問！

我們沿著市街不停地叫賣，換了幾個兜售點，希望有人出價購買，然而，圍觀的人一直很多，問價錢的也不少，但普遍是好奇來看熱鬧的，也僅僅只是隨便詢價，不見真心誠意的買主。我們不死心，重新再遶街一遍，更用力、更大聲的叫賣，內心暗忖著，只要有人出價，即考慮出售，哪怕是便宜賣，總比空手而回來得好，因為，如果能賣個十幾元，也可供一學期的註冊費，或可吃幾個月的營養午餐，對改善家庭生計，不無小補？

然而，讓人遺憾的是，在街道遶行叫賣幾趟，依然是圍觀的人多，就是還沒人願購買。

也許，金門剛經歷「八二三砲戰」，幾十萬發砲彈轟擊後，到處民生凋弊，不僅農村窮苦，市街做買賣的生意人家，也僅能賺取蠅頭小利，生活依然是苦哈哈的，大家三餐裏腹溫飽都成問題，誰還有閒錢去吃補呢？最後，我們失望地把水獺抬回家。

既然沒人願購買水獺，家裡也沒有人敢宰殺，因而決定放牠一條生路。傍晚時分，我們把水獺抬到水塘出海口，打開鐵門閂，水獺迅速竄門而出，狂奔至岸邊地雷區的鐵絲網裡，才停住腳步回頭瞄了我們一眼，隨後鑽進地雷區的蔓草叢中，消失得無影無蹤。

四十年來，水獺消失在眼簾的影像，依然鏤刻腦海深處，只是，我一直思索著，當初牠掉進水井，假若我沒有發現，牠會不會餓死井底？如今，水獺仍會偷吃水塘的飼魚，但已列為稀有保護動物，幸好，當年沒有人購買宰殺，否則，為了繳交學費與吃營養午餐，而傷害一條生命，良心將會多麼不安？

難忘裝檢夜

民國三十八年「古寧頭大戰」之後，「國、共」兩軍隔著金廈海峽重兵對峙，雙方劍拔弩張，隨時可能再爆發戰爭，因此，金門島上實行「戰地政務實驗」，由金防部司令官集黨、政、軍一元化領導，島上居民不分男女全民皆兵，男性年滿十八至四十五歲、未婚女性年滿十六至三十五歲，統統納入民防自衛隊編組，人人配發槍枝接受軍事訓練，隨時接受動員參與對敵作戰。

父親是菜農，靠種菜養活一家老小；由於父親還未滿四十五歲，自然而然是「無糧又無餉」的民防自衛隊員，在「軍事第一，作戰為先」的大原則下，民防自衛隊員接到徵集令或調派任務通知，得立即放下手邊的工作，趕往指定地點報到。

有一天傍晚，村公所的村丁捎來父親應出公差的命令：「當晚要到村裡的小學擔任衛兵」，負責看守「戰鬥村」年度裝備檢查的陳列武器。因為，民防自衛隊配發槍枝與彈藥，平時除了出操訓練，武器裝備亦需妥善保養維護，金門民防總隊部訂有檢查評比制度，由軍方派員進行檢查評比，要求非常嚴格，若是被檢查缺失，不但要補檢，還將依規定懲處，譬如被抓去「關禁閉」或罰服勞動役，所以，每逢武器裝備檢查，大家心驚膽顫，謹慎應對，不在話下。

然而，不巧的是，當日大白天裡，父親已拔好一擔青菜，準備隔天清晨挑去市場販售，如果依照命令得擔任「守夜」衛哨，將無法把菜挑去市場販賣，那麼，辛苦種出來的青菜，拔起後未能立即賣出會腐爛，一個多月來澆水、施肥、和除草，所有的辛勞將付諸流水；但演習視同作戰，軍事徵召命令誰敢違抗，該怎麼辦呢？

父親接到出任務通知，憂愁不已，準備去拜託其他隊員換班替代。我暗忖著：由於時值高二寒假期間，唸高一時，適逢我國退出聯合國，台海兩岸戰雲密布，為因應時局變化，金門高中全校學生人人配發槍枝，每天下午停課，由部隊派來的助教，帶到校門口至下埔下一帶的田野，進行單兵伍攻擊、班攻擊、排攻擊教練。同時，也接受刺槍、射擊打靶，以及手榴彈投擲等等訓練，我個人早已完成國軍基本戰技訓練，倘若戰事爆發，將隨時以「充員兵」的身分，撥補進入國軍野戰部隊，投入戰鬥行列。

雖然，我的年齡尚屬預備隊，並非村內編組的正式民防自衛隊員，按理不能代替換班出任務，但父親不能去賣菜，一家人豈不要喝西北風？於是，我主動提出要求，希望由我替代擔任衛哨，反正，只是晚上到學校教室睡覺，看管陳列的裝備檢查武器彈藥，並不是去接受訓練或部隊校閱，只要自己不要太張揚，村公所大概也不會派員去巡查，何況，與戰鬥村員警頗為熟識，即使被「抓包」，也不致於遭以冒名頂替送辦。

我的建議獲得父親首肯，於是，趕緊喝了一碗地瓜粥，匆匆拎著一條棉被，在太陽下山之前趕去村郊的小學報到。原來，衛哨是兩人一組，與同村的明伯仔一起輪值，他比我早到，已先一步辦理交接手續，待我表明來意之後，兩人一起檢視陳列武器，便各自把教室的書桌併排成床，鋪上棉被準備就寢；因為，當時鄉下還沒供電，既沒有燈光可看書，自然也沒有電視節目可供排遣漫漫長夜。

海島金門的冬天，夜幕似乎來得特別快，一眨眼的工夫，黑幕就籠罩大地，到處是一片寂靜與漆黑，只剩寒風吹得玻璃窗砰砰作響；遠遠地，風濤在木麻黃林梢迴盪，以及對岸共軍打過來的宣傳彈呼咻聲，忽遠忽近的此起彼落，平添幾許肅殺的氣氛。

其實，讓人覺得心生害怕的，不是忽遠忽近的砲彈聲，而是學校北側山坡那一大片亂葬崗，因為，白天路過，放眼儘是一片雜亂累疊的荒塚，曾傳聞有人夜晚路過，聽見冤死鬼哭泣的聲音，也有人看過紅、黃、綠、藍的燐火球在追逐飛揚；由於附近存在著許多靈異傳說，大家繪聲繪影，平日大白天打從那裡經過，都覺得心頭毛毛的，常常不由自主地加快腳步，連頭都不敢別過去多看一眼，更甭說是暗夜客宿在旁邊，怪不得吹熄蠟燭剛躺下身子，便有一股陰森恐怖的感覺不斷蒙上心頭！

靜靜地躺在書桌上，諦聽著寒風敲窗與風濤迴盪，不一會兒的工夫，睡在旁邊的明伯仔即鼾聲大作，並不時發出磨牙聲與斷斷續續的囈語，為黑夜的夢鄉增添恐怖氛圍。雖然，白天幫忙田間農事，早已累得精疲力竭，非常渴望能一躺下身即入睡，但明伯仔忽兒磨牙、忽兒說夢話，令人睡意全消，久久不能闔眼。

認真說，我是屬於比較淺眠類型的人，每每夜晚睡夢之中，任何的雞鳴狗叫聲，都很容易驚醒，且醒後便很難再入睡，常常是輾轉反側數羊挨到天明。

而今，躺在荒郊野外的教室裡，四野一片漆黑、寒風呼嘯，心裡一點安全感也沒有，我把頭蒙在棉被裡，希望能儘快入睡，但愈是想睡，反而久久無法成眠，更糟糕的是腦際開始胡思亂想，浮現出傳說中那種披頭散髮、面目猙獰的魑魅魍魎；也浮現那種行動飄忽不定的黑影，以及種種靈異傳聞，……。愈想愈害怕、愈想愈睡不著，因此，我開始後悔出門時走得太匆匆，忘了到廟裡拿一張王爺的平安符，或拿一面黑令旗，想必能驅邪鎮煞，安心入睡！

其實，夜宿村郊外的學校，莫說一旁是「夜總會」——亂葬崗，存有各種恐怖的靈異傳說，光是身旁的幾百支七九步槍與機槍，就令人毛骨悚然，因為，那些老舊的槍枝，若非歷經八年對日抗戰，就是經過「國、共」內戰，不知有多少生靈命喪槍口，多少的冤死鬼陰魂長相左右、附聚不散。

據說，人有三魂七魄，人死之後，一條魂魄留在斷氣的地方、一條隨軀體在葬身埋骨的墓地、另一條被「道士」牽引至神主牌位，供後人燒香膜拜。特別是天災、人禍意外死亡那一刻，受高度驚嚇魂飛魄散，陰魂若沒有超渡凝聚引往極樂世界，將成孤魂野鬼四處飄蕩，所以，每年的農曆七月，家家戶戶於門口擺設豐富的食物，焚燒大把的紙錢祭拜「好兄弟」，就是為普渡孤魂野鬼。

金門歷經「古寧頭大戰」和「八二三砲戰」等多次大戰役，砲火下無數寶貴生命冤死，多少人目睹血肉橫飛，到處靈異事件頻傳，造成人心驚惶不安，因此，自二〇〇六年起，民間發起籌辦超薦大法會，立即獲得海內外善信熱烈響應，爭相踴躍捐款，或自願擔任志工，更獲得兩岸三地佛教界的認同與支持，曾先後啟建三次兩岸和平消災祈福超薦水陸大法會，由地方各界首長、民代、與兩岸三地高僧及十方善信共同點燈祈福與誦經，每次皆一連舉辦多日佛事法會，共同超薦因戰亂捐軀英靈或災難喪生冤魂離苦得樂，以消弭戰禍的陰霾，祈望讓亡者安息、生者安心，使飽嚐戰禍的金門島，成為安祥樂利的和平島！

事實上，教室裡的這些民防自衛隊槍枝，都是國軍淘汰的陳舊武器，就地緣關係而言，可能都在「古寧頭大戰」時使用過，當時，共軍九千餘人強行搶灘，與守軍激戰三晝夜，雙方死傷枕藉、屍橫遍野，最後清理戰場，共軍三千多人戰死、國軍一千多人陣亡，可以合理的懷疑，其中不少是奪命的凶槍！

正因在金門使用的槍枝，幾乎都是上過戰場的凶槍，所以，無論是部隊或民間，「槍口瞄人」是最大的禁忌，要是哪個不知好歹的傢伙，無端用槍瞄準人，必定遭致一頓拳打腳踢，因為，很多槍都曾殺過人，冤死鬼陰魂不散，會適時「抓交替」，即使槍膛內沒有裝子彈，「空槍打死人」時有所聞，也因此，暗夜陪著那麼多凶槍睡覺，如何安然成眠？

想著想著，睡意全消，也不知過了多久，忽然，耳畔傳來沙沙的腳步聲，我蒙在棉被裡，經過幾次仔細聆聽，證實自己的耳朵沒有聽錯，千真萬確，那是沙沙的腳步聲，交織在明伯仔的打鼾聲中。而且，腳步聲步步逼近，我嚇得皮皮挫，渾身顫抖。

漆黑的夜裡，我想喊叫，但喊給誰聽？我想起身逃跑，但跑去那哪呢？何況，赤手空拳，手裡連一支可防禦抵抗的棍棒也沒有，面對張牙舞爪的魑魅魍魎，豈不自投羅網，自找死路嗎？於是，我決定抱持鴕鳥策略——眼不見為淨，繼續以靜制動，靜靜地躺著，也不敢出聲叫醒睡夢中的明伯仔。

由於沙沙的腳步聲真的愈來愈近，彷彿就在身邊，心裡更慌張，認真思考是否該起身逃跑，於是，我偷偷拉開棉被，小心翼翼地朝腳步聲的方向偷窺，但見兩顆明亮的眼睛，在暗夜散發兩道深邃的藍光，彷彿是兩把利劍朝我刺來，我驚嚇尖叫，把身旁的明伯仔驚醒，但見他迅速擦拭火柴，點燃蠟燭，剎那間，燭光照到一隻黑貓，腳下似乎粘著半張捕蠅紙，迅速逃離教室，留下一團恐怖的黑影。

我拭去額頭上潺潺的冷汗，呆坐半晌說不出話來。相對的，不一會兒的工夫，明伯仔

熟睡的鼾聲又迴盪在夜空，而我，仍躺在書桌上毫無睡意，直到東方天際露白，才吁了一口氣。如今，年過半百，每當回憶起民防裝檢守夜的情景，依然心有餘悸！

海的孩子

小時候，家的大門外是海——碧波萬頃的金廈灣；每天推開柴扉，映入眼簾的是潮起潮落、沙鷗飛翔，以及對岸故國河山的層巒疊影。

海裡有魚、有蝦、有螃蟹；也有蚶和蚵，以及許多的奇形怪狀的貝類，讓海邊的子民，在潮來潮往間際，有取之不盡、享之不竭的資源。

先祖是泉州府東門外的望族，書香門第，經營商貿遠及中東一帶，曾娶回一房波斯媳婦。明朝嘉靖年間，波斯媳婦蕃衍的新生代，資賦異稟，善於為文，並受其母之薰陶，思想前衛，大力倡導破除封建特權和宿命思想，鼓吹不能再重農抑商，宜全面發展經濟，才能改善民生，因此，被朝廷扣上謀反罪名，足以滿門抄斬，株連九族。

於是，大部份族裔逃往南安山區，隱姓埋名避禍，自認是林家的子孫，將雙木「林」，改為木子「李」；部份則乘桴於海，隨波逐流南下逃到浯洲本島登陸，一面墾荒種蕃薯，一面在海灘插石養蚵過生活，因此，避居海中孤島金門的林家，廳堂依然高掛「瀛洲傳芳」的燈號，蕃衍子孫。

歲月不斷更迭演進，明朝覆亡之後，愛新覺羅氏入主中原，華夏子民渡過二百九十八年異族統治的日子，幸孫中山先生起義革命推翻滿清，建立中華民國。在這三百多個寒暑裡，流落在金門島的子民，大部份的男丁相招逗陣「落番」到南洋群島討生活，賺錢寄回俸養親人，留在島上的老弱婦孺，過著原始的農耕與漁牧生活。

什麼是原始的農耕與漁牧生活呢？簡單的說，就是以人力和獸力耕種的農業，沒有耕耘機、沒有農藥和化學肥料，只以牛或馬拉犁耕田，以人、畜糞便當肥料，用手捕捉害蟲，沒有抽水機灌溉，靠老天風調雨順滋潤禾苗，才能使作物成長開花抽穗結果，唯有田裡的作物有收成，農民才不會餓肚子。

其次，所謂的「原始捕魚」，就是搬石頭在海灘依著礁岩，圍成一個半圓型籬笆狀的「滬」，開口向岸邊，海水漲潮時，魚、蝦或蟳蟹隨著海潮游走覓食；退潮時部份魚、蟹滯留「石滬」裡，這個時候，村民背起竹簍，相互吆喝到「石滬」抓魚捕蝦。

以前，大海藏無盡，人們沒有先進的魚網或捕魚技術，海裡的魚類資源十分豐富，居民用石頭隨便圍個「滬」，退潮時就有許多滯留的魚蝦與螃蟹可捕捉。再不然，種植竺麻剝皮，取其纖維結線編織魚網，只要在海灘布置簡易的定置網，或佈網牽罟，村民均能抓得滿簍魚蝦或螃蟹而歸。

記得孩提時候，家門口是海，我們一群海邊的孩子，常常結伴到海邊嬉戲，跳足於潮汐之間，但見魚蝦活蹦亂跳，不需用魚網，徒手都能抓到魚。再不然，以雙手泥灘隨便一摸，即能摸到蚶、採到貝；甚至，在退潮的泥灘行走，也能踩到螃蟹，或是被譽為活化石的——鱟。

唸高中時，為了打工賺學費，曾幫人扛網下海捕魚，那是一種淺灘定置網，每張網約一公尺高、十公尺長，每隔一公尺用一支竹竿張著，通常是每人出十張網，一組人共有一百多張網，在海水退潮時一起下海，一張接一張連結插在泥灘，比照「石滬」一樣，形成一個開口向岸的半圓型定置網，海水漲潮時，魚蝦螃蟹隨潮水四處悠游覓食，退潮時進入滬形網內，海水退乾後，滯留網底泥灘上的魚蟹，就等著被抓進魚簍。

金門的淺灘海域有許多天然的礁岩，也有許多居民插石養蚵，以致海潮之中饒富藻類與微生物，成為魚群覓食的溫床，吸引鯔魚、黃赤、鱸魚、馬加魚、烏賊、小管、油呃仔（臭肚），以及沙魚、魟魚等等魚群棲息迴游。因此，我們下海布定置網，捕獲最多的就是鯔魚，其次是黃赤、鱸魚，以及一些季節性迴游魚類。

至於一年四季常在的油呃仔（臭肚）嘛！因淺海的油呃仔，屬於體型瘦小無肉的魚種，習於棲息礁岩或蚵石縫隙，除了不易用網捕捉，且沒有什麼經濟價值，更討厭的是，捕捉時若不小心被其背、腹、胸或臀鰭上的毒刺螫到，毒液進入體內，產生一陣又一陣的刺痛，比被針砭到還難受，所以，漁民常常懶得動手捕捉，除非是比較大尾的，才會被抓進魚簍裡，其餘的，放任其自生自滅。

上天造物，各有巧妙，各種動、植物都與生俱來擁有天然保護色、或自衛的本能，海中的游魚，自是不能例外。在淺灘的魚類之中，也有許多魚類是討海人的公敵，依漁民的順口溜為：「一魟、二虎、三沙毛（鰻鯰）、四斑午，油呃仔無上算，刺到娓娓鑽！（也有「油呃仔無上名，刺到叫阿娘」之俗諺）」

準此而言，淺灘最毒的魚種，首推魟魚，因其尾部有一根大毒刺，若不慎被刺中，毒液進入體內流竄會產生劇烈疼痛，足以讓人痛不欲生，若未能及時送醫解毒，嚴重時會引起全身麻痺，甚至會休克喪命。以前醫藥不發達，被魟魚螫死的情事時有所聞。甚至，當前交通發達、醫藥普及，被稱為「鱷魚先生」的澳洲捕鱷專家厄文，是Discovery動物星球頻道著名的節目主持人，幽默風趣，深受觀眾喜愛，二〇〇六年在昆士蘭外海的大堡礁潛水拍攝紀錄片，被魟魚螫到胸部，雖立即電召救護人員搭乘直昇機趕到，仍搶救不及一命嗚呼，其毒性可見一斑！

其次，金門沿岸海魚毒性排行第二的是「虎魚」，因其鰭伸張開來張牙舞爪，像極了一頭兇猛的老虎，因而得名，但其身上有艷麗的天使斑紋，在水中悠游煞是美麗，有「最漂亮的觀賞海魚」之美譽，可是，其亮麗的外衣裡，背鰭、胸鰭和腹鰭各隱藏著致命的毒針，不但非常銳利，且含有神經毒或溶血性劇毒，不小心被刺到會有劇痛，且有發燒、抽搐、休克等現象。

再者，排行第三的是「沙毛」，狀似土虱，口鼻左右有兩對鼻鬚，全身無鱗，並有滑溜溜的粘液，不易被人手抓握，最可怕的是背鰭及胸鰭均有毒刺，所分泌的毒液含有神經毒和溶血性劇毒，不幸被刺到，刺傷部位立刻紅腫，引起長達二、三天的抽痛、痙攣及痲痺等症狀，甚至引起破傷風，是一種非常危險的魚類。尤其，沙毛性喜成群結隊，有時成群入網，讓人望而膽顫心驚，不敢動手混水摸魚。

記得有一次，我不小心觸摸到一條小沙毛，鋒利的毒針螫刺手掌心，除了鮮血直流，傷口立即腫脹，手掌開始抽痛，並迅速痛入心扉，沒多久的工夫，整隻手頓覺麻痺，有經驗的老漁民見狀，馬上拉起我的手掌，用力吮吸傷口血水，希望趕快把毒液吸出，避免擴散到全身，同時，有人撕下汗衫，以布條綁住我的上手臂，目的是減抑毒液向身上擴散，並攙扶我快步回家。當時，生長在窮鄉僻壤的海濱村落，對外交通不便，醫院遠在太武山的另一邊，並沒有立即送醫院打解毒針，只好忍痛挨過三天，紅腫的手掌才慢慢恢復觸覺。

毒性排行老四的是「斑午魚」，俗稱「花身雞魚」，其背鰭、腹鰭和腮蓋都有利刺，徒手捕捉時，很容易被螫傷流血，唯毒性較小，肉質鮮美甘甜，售價頗高，為磯釣客所喜愛。

至於毒性敬陪末座，所謂「無上算，刺到娓娓鑽」的油呃仔，就是磯釣客所稱的「臭肚魚」，身形圓扁、無鱗，棲息於岩礁四周迴游，以藻類為食，背鰭、腹鰭、胸鰭、臀鰭都有刺，能分泌毒液，被刺到會產生劇痛！

此外，淺灘常棲息青腳蟹、三目蟹和紅蟳。其中，以青腳蟹產量最多，體積也較大，藍色的是公蟹、綠色的為母蟹，特別是「秋風起，蝦蟹肥」，每年的秋高氣爽時節，正是吃螃蟹的好時機，無論是用「清蒸」、或「生炒」，均極具美味可口，足令老饕垂涎不已！其次，紅蟳產量較少，價錢卻較高貴，亦常落入定置網，成為盤中佳肴！

金門島西側濱海的村落海灘，通常會有一、二組以上的定置網，每逢大潮期間都會下海佈網，因為，定置網所圍捕的魚、蝦、螃蟹，除了蝦、蟹會隱身泥沼之中，不易被察覺，甚至，部分魚類如竹甲魚、鰻魚、比目魚等等，碰觸到魚網，也會立即隱身泥沼中，除非用手觸摸、或用腳踢到，才會被人們發覺，否則，也不易被人捉到。

因此，佈網的漁民，對所圍捕到的魚蝦，散布在泥灘，無法全數察覺捕抓，於是，有很多村民會跟在漁民之後，撿拾被遺漏的魚、蝦、螃蟹。換句話說，海灘只要有人佈定置網，村夫村婦皆背著魚簍下海，人人有魚蝦螃蟹可捉，家家笑呵呵！

一般而言，漁民共同下海佈定置網捕捉到魚蟹，以販售賣錢為前提，沒人要買的小魚，則均分享用，因為，我沒有具備魚網，屬於出力打工性質，分配魚貨照算一份，而每月結帳分錢，只能到分二分之一，因此，一個暑假打工，足以繳交一學期的註冊費，甚至，還可買一套新的制服。

其實，大海藏無盡，家門口的海灘，除了魚蝦、螃蟹之外，最大的經濟海產是石蚵。幾百年來，拓荒的先民，每當海水退潮的時候，以石條插在海邊的泥灘，一排排、一行行整齊地羅列著，每年初夏時分，成熟的海蚵孢子隨著波濤流附著於石條上；立夏時分，石條上便綻放出朵朵蚵苗，立冬之後，便有鮮蚵可採收，若經春天雨霧滋潤，海蚵更是肥碩豐腴，美味可口。

石蚵，就是牡蠣，閩南人稱為蚵仔或青蚵，是海灘附著礁石的貝殼類軟體生物，極富營養價值，無論是料理成海蚵煎、炸成蚵餅、佐料煮湯，或曬乾包肉粽，均是質鮮味美、滋補保健的佳餚，令人百吃不厭！

因此，每當蚵肥的季節，海邊的村落家家戶戶忙著採蚵，只要海水退潮，男女老少紛紛挑起竹籃到蚵田裡，將蚵殼從石條上鏟下，洗淨污泥後挑回家中，倒在木桌上，全家大小圍攏過來，人手一把蚵刀，熟練地撬開蚵殼，把蚵肉從殼中一一撥出。往往一家人圍著剝蚵，也一邊談天說笑，或播放黑膠唱片，讓歌仔戲咚咚嗆嗆的歌聲四處飄盪，蚵村簷前屋後，到處是忙著剝蚵的人群，其樂融融、其喜洋洋！

由於島上駐防十萬大軍，部隊是市場最大的消費群，軍中伙食團採買，海蚵需求量大，以致常常供不應求；同時，官兵休假外出品嚐地方風味小吃，無論是蚵仔煎、蚵仔麵線、蚵仔粥、蚵嗲、蚵羹、蚵仔酥等，皆是阿兵哥的最愛，因此，海蚵需求日益增加，售價自然節

節高升，所創造的經濟效益，有效改善農村生活，居功厥偉。

其次，泥灘裡還蘊藏著許多不同的海螺與貝類，以赤嘴蛤和血蚶較多，也較具經濟價值。其中，赤嘴蛤殼薄，生長在較深的泥沙裡，只要有泥沙的地方，就有牠的蹤跡，不管有沒有經驗，隨便在海灘泥沙挖掘，都能有所收穫，但大致上只適合煮湯，售價便宜。

而血蚶外殼較厚，紋路呈向外放射狀，用沸騰的開水澆燙，兩瓣蚌殼自動分開，殼內有一塊鮮紅似血的蚶肉，因而得名。古書曾載：血蚶有「令人能食」及「益血色」等功效。現代的科學研究，則指血蚶具有豐富之蛋白質及維生素B12；由於產量不多，所謂「物以稀為貴」，饕客拌以蒜頭、辣椒，味美可口，被視為滋養補品，是一道名貴的佳餚。

血蚶盛產於夏季，平常雖蟄伏於泥灘表層，但可藉偽足行走，或藉海潮漂流移動；採拾的方法，可用肉眼尋找其細小的吸水孔，輕輕鬆鬆手到擒來，孩童視力好，較佔優勢；另外，也可用特製的耙子耙取，但較費時、費力，非成年人無法勝任。

記得國小畢業那年暑假，很多同學開始學騎腳踏車，準備到鎮上唸初中，而我們家房屋於「八二三砲戰」中，先後中了七發砲彈，一家老小於斷垣殘壁中苟命，每天喝蕃薯湯過日子，連三餐溫飽都成問題，學費沒有著落，不敢奢望繼續升學唸書。

有一天，我走到海灘的潮水邊緣，無意間撿到一顆如荔枝般的蚌殼，外表由二瓣帶有條紋溝的外殼合著，堅硬如石。沿著潮水邊繼續尋找，約莫半小時的光景，便撿拾了數十顆類似的蚌殼，我拿到鎮上去兜售，一位新市來的飯店老闆，以比鮮蚵貴上好幾倍的價錢買走了，臨走時還特別交代：以後撿到這種「血蚶」，直接拿去飯店賣他，再多也不嫌棄。

據說，台灣來的高級長官和貴賓很喜歡吃，廚師將活生生的「血蚶」，用沸騰的開水澆燙，兩瓣蚌殼自動分開，殼內的蚶肉鮮紅似血，拌以蒜頭、辣椒、吃起來風味十足，最是營養滋補。

自此，我每天關心天氣的陰晴，計算潮水的漲落時間，每當海水開始退落時，我即守在海邊，一遍又一遍地尋找，一天又一天地尋找，暑假過後，總計賣血蚶的錢，足夠到鎮上唸初中了；而且，還有多餘的錢買了一部中古的腳踏車，開學的時候，我騎著吱吱作響的腳踏車去上學。

此外，往後的假日，我仍守在潮水邊，一天的尋找撿拾「血蚶」，往往可換來一週的營養午餐，直到高中畢業離家出外謀生，撿拾「血蚶」賺學費的工作，才暫告一段落。而我有四個弟弟，他們與我一樣，每個暑假或假日，都守在門庭外的海灘，撿拾「血蚶」賺學費和營養午餐的費用，直到高中畢業為止；甚至，我的弟弟們，上課餘暇不是去補習，而是守在海灘撿拾「血蚶」賺學費，不但沒有影響功課，反而成績都能名列前茅，甚至，還能從金門高中應屆畢業，直接考取醫學系，類似的情形，在一般人來說，簡直是天方夜譚。

歲月悠悠，四十年後的今天，回首前塵往事，童年生長在敵人炮火下，為求活命很不

容易，求學的環境更差，唸到國小畢業，還常打赤腳上學，許多繳不起學費的孩子，紛紛被迫輟學去唸第三士校。所幸，我們家門外是海，五兄弟皆靠到海灘撿拾血蚶賺學費，才得以完成高中學業。認真的說，門庭外的大海，孕育我們成長、茁壯，也是我們一生時時感恩的「母親」！

而今，隨著尼龍網的發明，捕魚技術的精進，海洋資料過渡的捕撈，加諸大陸漁民炸魚、電漁，嚴重破壞海洋生態，潮來潮往，已不見魚蝦活蹦亂跳，海洋資源枯絕，未來的子孫，將不再有豐富的天然海鮮，能不令人嗟嘆？

福伯中槍

科技文明之後，人們觀賞現代化戰爭影片，目睹戰場上機槍掃射或砲彈爆炸，兵士中彈血肉橫飛的畫面，任誰都知道那些場景是刻意布置，並運用攝影技巧，復經剪輯、影像覆疊、配音、配樂等特殊效果處理，讓人產生視聽上的錯覺，滿足一時的感觀快慰而已，難以使人永生難忘！

而我，也曾看過無數的現代戰爭影片，但每一次觀賞過後，螢光幕上的影像皆如過眼雲煙，很快地消失得無影無蹤，不復記憶。

可是，四十年前參加戰鬥村演習，目睹子彈貫穿堂伯父——福伯的肩膀，鮮血如噴泉般湧出的情景，雖歷經四十年，腦海早已被一萬多個日出日落的見聞沖刷，迄今在記憶深處，依然歷歷如繪，永不磨滅。

福伯中槍的故事，應從歷史背景說起……

話說民國三十八年，「國、共」內戰方興未艾，五月「徐蚌會戰」之後，共軍渡過長江，揮軍南下勢如破竹，國軍節節敗退，幾乎潰不成軍，京、滬相續失守。十月十七日共

軍攻佔廈門，十月二十五日乘勝追擊，徵集閩南沿海三百餘艘大、小漁船，首波發兵九千餘人渡海強攻金門，目標鎖定金門最狹窄的地段——中蘭至成功一帶，預定登陸之後分兵二路，北路攻取太武山，掌控地勢高點；南路接管縣城行政體系，企圖一舉拿下金門，進而「解放」台灣。

據說，共軍出兵之前，每名士兵發給一把花生米，裝在口袋備以充飢，部隊出發前誓師，指揮官指著金門的太武山：「明天早上，咱們在太武山上吃早餐！」

也許，共軍半年內「戰無不勝、攻無不克」，可能是犯了「輕敵」與「窮寇莫追」的兩項兵家大忌，官兵只有「勝利」慶功的準備，沒有防範「失敗」的應變措施；相對的，接二連三吃敗仗的國軍殘餘部隊，已被逼到牆角，在「退一步即無死所」的窘況下，官兵奮力抵抗，雙方激戰三晝夜，進犯共軍三千多人被殲滅，五千多人被俘虜，國軍贏得關鍵性的一仗。

不過，這場戰爭輸贏的關鍵，另有一種說法，那是「天佑金門！」因為，從大陸沿海東望金門，島上的太武山儼若仙人臥地，自古即有「仙山」、「佛地」的傳說，神聖而不可侵犯！

事實上，共軍出兵攻打金門，敗在「人算，不如天算！」老天爺助了金門一臂之力，因為，當夜共軍登船出海之後，東北季風突然增強，共軍臨時徵調而來的船隊，有大船、也有小竹筏，大船前頭堆置沙包，載運半個連的兵力；竹筏前頭架著機槍，三名士兵划水前進。

由於大船速度快、小船划行慢，特別是摸黑出海喪失方向感，以致隊形錯亂，加諸走在最前端的指揮船，船老大不知是被鞭打受傷或死亡，被東北季風向南吹偏離航道，後面的船隊跟著隨波逐流，向南邊的古寧頭方向航行。

恰巧，戍守在「古寧頭」的國軍部隊，正是抗日時「一寸山河一寸血、十萬青年十萬軍」的國軍第二〇一師，人員素質最優秀，武器配備最精良。尤其，當天有一部坦克車在海邊演訓故障，午夜時分，留守搶修的士兵，發現共軍船隊準備登陸搶灘，立即給予迎頭痛擊！

相對的，共軍部隊從東北一路南下，成員大部份沒有見過海，自然沒有坐船的經驗，因而當船出海遇強風，大家暈得昏頭轉向，吐得稀哩嘩啦，還沒有靠岸即遭槍砲狙擊，眼看著同僚在岸上機槍掃射下一個個應聲倒地，沒有中彈的官兵見狀爭相跳下海，而北方來的「旱鴨子」，不但水性差不善游泳，身上又背著沈甸甸的槍械彈藥，跳海之後還來不及掙扎，便一一沈入浪濤之中，去向閻羅王報到。

搶灘共軍在第一波攻擊死傷慘重，預計將回去載運援兵的大小船隻，均因退潮擱淺於海灘。更重要的是，第二天從金東地區趕來的坦克部隊，對上岸的共軍展開威力掃蕩，同時，剛從汕頭撤退的胡璉部隊，原本欲駐防澎湖，中途受命轉向趕到金門支援，將已攻佔至西浦頭與湖南高地的共軍逐一擊退。

而且，從台灣起飛而來的國軍轟炸機，瞄準古寧頭海灘投下燃燒彈，擱淺進退失據的共軍船隻，瞬間全部化成火海。經過三晝夜的戰鬥，共軍殘餘部隊彈盡援絕全數投降，國軍贏得最後勝利。

否則，倘若共軍順利按計劃直攻中蘭和瓊林一帶，金門被切成東、西兩半，戰爭結果輸贏尚屬未知數，中華民國歷史可能早已改寫！

「國、共」兩軍經過「古寧頭」一役，共軍進攻部隊全軍覆沒，首嚐敗績，而國軍大獲全勝，扭轉頹勢，終於有了喘息的機會，加上後方台灣物資源源不斷進補，才漸漸穩住陣腳。也因此，開啟兩軍隔著金廈海峽重兵對峙的局面。在共軍方面，揚言「解放台灣」、「血洗台灣」；在國軍方面，則誓言「一年準備，兩年反攻，三年掃蕩，五年成功」，隨時準備「反攻大陸」，兩軍隔海對嗆、劍拔弩張，隨時準備迎接下一回合戰鬥。

「國、共」兩軍隔著金廈海峽，各自秣馬厲兵，共軍構築鷹廈鐵路，便於武器和物資運輸；國軍則積極在島上構築防禦碉堡，包括在全島的四週海岸灘際構築軌條砦，阻絕共軍船團搶灘登陸。直到民國四十七年的八月二十三日傍晚六時三十分許，共軍調集各式火砲，突向金門發動轟擊，二十分鐘之後，金門群島駐守國軍部隊展開還擊，雙方激戰四十四天，金門一百五十平方公里的土地，總計落彈四十餘萬發，直至十月五日，共軍宣布停止砲擊一週，十月廿三日期滿後，共軍再宣布停火兩週，繼而於十月二十五日，透過廣播宣布「單打雙不打」，也就是只有日曆上單日晚上的前半夜，或雙日的午夜過後之凌晨，才再相互以宣傳彈砲擊。

除此之外，雙方加強心戰喊話，對岸透過架設於沿海的喊話站，日夜高音貝喊話：「台灣是中國領土不可分割的一部份，我們一定要解放台灣」，而國軍也同樣在面對大陸的沿海，分別設置「喊話站」，全天候對大陸喊話，呼籲大陸同胞起來反抗「朱毛匪幫」極權統治，呼籲共軍官兵起義來歸，或播放鄧麗君的歌曲，希望瓦解共軍士氣。

民國六十年，聯合國安全理事會通過阿爾巴尼亞提案，由大陸中共政權取代我國席次，我國本於「漢賊不兩立」之立場，宣佈退出聯合國，引發台海兩岸戰雲密佈，金門的上空經常可以看到共軍米格機飛越的凝結尾，金門守軍雷達站敵機臨空的警報經常嗚嗚作響，高射炮也常開炮驅趕，台海戰雲密布，大戰一觸即發，國軍積極加強構築碉堡，包括各個村落都趕工挖掘地下坑道。

事實上，當時世界上美國與蘇聯兩大超級強國，中共政權即在蘇聯卵翼下誕生，提供經費與武器援助；而中華民國自抗日即與美國併肩作戰，接受美援。換句話說，台灣海峽兩岸國軍與共軍的戰爭，即是美、蘇武器發展的試驗場，共軍使用蘇聯的米格戰鬥機，不敵美軍的軍刀噴射機，不敢飛越台灣海峽，國軍具備空中優勢，才能順利運補金門！

當時，為防範對岸共軍進犯，全島軍民同舟一命，人人枕戈待旦，隨時準備迎敵作戰保家衛國，除了民防自衛隊支援國軍作戰，高中學生人人配發七九步槍一支，就擺在書桌旁，上午正常上半天課；下午，由軍方派來的步兵助教，帶到校外作單兵攻擊教練，通過測驗之後，編入伍攻擊、班攻擊、排攻擊、連攻擊的隊形作戰鬥訓練，目的就是隨時準備換上軍服，以充員兵的身份編入國軍部隊對敵作戰。

所謂「平時如戰時、戰時如平時」，民防自衛隊平時除了接受基本戰鬥訓練，也實施村落防禦戰鬥演習，並配合每年全島性的作戰演習，模擬敵機空襲、砲擊、敵人空降、毒氣來襲、各種警報發放，部隊依狀況掩避或進入戰鬥位置，狙擊來犯敵人。

一般而言，每次戰鬥命令下達，農民停止上山耕作、漁蚵民禁止出海作業，家家戶戶關閉門窗，煮飯禁止生火炊煙，以免暴露目標。同時，孩童統統趕進防空洞、禽畜不能外放，男、女自衛隊員立即換上迷彩服，戴上鋼盔、繫好S腰帶，全副武裝拿起槍枝迅速向指定地方集合，並立即派出衛哨兵封閉所有對外出入口，全村進入戰備狀態。

所謂「演習視同作戰」，除了模擬各種狀況，最緊張刺激的重頭戲，就是軍方會派出「假設敵」，利用各種手段滲透進入各戰鬥據點，張貼「炸彈」、「火把」等等破壞標識，象徵遭到破壞、或放火。如果該村遭入侵，在軍管體制下，那是非常嚴重的事，無論是村幹部或民防自衛隊員，必定會遭到嚴厲的處分。

值得一提的是，依照行政組織，每個自然村皆配置有村長和副村長，皆由上級指派，村長是村內人，有名無實，形同虛設，真正實權掌握在副村長手裡，普遍是隨軍來台的退伍軍人，絕大多數是黃河以北的省份，講話具有濃厚的鄉音，個性凶巴巴的，開口閉口「媽個B」，動不動就把村民抓去「關禁閉」，許多只會講閩南話，生長在日據時代沒有受過教育的村夫村婦常常「聽嘸」。

面對官聲官調、窮凶惡極的副村長，大家懼其威淫，卻敢怒而不敢言，但私下都喊他們為「北損」，因為，過去金門是「僑鄉」，來自大陸內地的強盜，常常成群結隊前來打家劫舍、擄人勒索，讓島上的居民聞之色變，統稱為「強損」。而「北槓」的意思是北方來的強盜。所以，每次戰鬥村演習，村民人人戮力以赴，不敢怠懈。

話說每次演習警報響起，派出封鎖村口的衛哨，有明哨、也有埋伏暗哨，有任何人靠近，必定喝令不許動，由明哨上前盤查，埋伏哨則以槍口鎖定監控。若是夜間，則無分軍民，全島衛哨統一頒行「口令」——通關密語。欲通行者若是三聲口令答不出來或答錯，衛哨可開槍格殺。曾經，有聾子夜行，聞口令沒有回應被射殺，也有農戶牛隻在附近走動，衛兵三聲口令不見回答，衛哨朝黑影開槍，可憐不能說話的牛隻，莫名飲彈一命嗚呼！

村落戰鬥演習開始，正規自衛部隊進入戰鬥位置，未成年的學生視力最好，身手矯健能爬樹，通常是被編在「瞭望隊」，分配爬樹或登高瞭望天空與四面八方，觀察是否有敵機行蹤，以及硝煙或信號升起，得立即敲鐘通報。

有一天午後，「村落戰鬥演習」的空擊警報解除之後，我趕緊跑去防空洞，因為，幾個年幼的弟弟被關在裡面，昏暗的防空洞裡既潮濕且悶熱，一群人擠身躲在裡面，彷彿置身蒸籠裡，每個孩童都熱得滿頭大汗。

當我拉開防空洞大門之時，一群被趕進防空洞「避難」的孩童，一個個高興得像花果山下水濂洞的小猴子，又叫又跳地竄出洞外透氣，因為，防空洞大抵是深入地表，少部份以鋼筋水泥灌頂，大部份因陋就簡，以木板或樹木枝幹橫亙，上頭覆蓋厚厚的海蚵殼，了不起只留一、兩個透氣孔，洞裡暗無天日，燠熱得令人喘不過氣來。但是，每當對岸向金門島開砲轟擊，防空洞卻是村民躲藏保命的地方，讓人又愛又恨。

孩子們走出防空洞之後，發現洞口外的水塘邊，有三名阿兵哥分別把空酒瓶丟進水塘裡，再輪流用步槍瞄準射擊，每一次的槍響，水塘上濺起半天高的水花，吸引圍觀的小朋友鼓掌驚呼。

而水塘的另一邊，堂伯父——福伯利用演習休息的空檔，迅速脫去迷彩服的上衣，打著赤膊、捲起褲管，挑起澆菜的水桶下水塘盛水，再挑到園子裡澆菜。因為，秋高氣爽，艷陽高照，園子裡的蔬菜若不按時澆水，全島性的三天演習過後，一畦畦的菜苗將枯萎，往後無菜可賣，一家老小豈不要喝西北風？

為什麼福伯利用演習空檔澆菜，要迅速脫去自衛隊軍服呢？因為，自衛隊參加民防隊，是屬於強迫性，無糧也無餉，參加演習三餐自理，而且，統一規定穿著的自衛隊服裝，也得自行花錢購買，居民敢怒不敢言。曾有一位自衛隊員，為表達心中的不滿，有一天，他故意穿著新買的民防自衛隊服上街，被巡邏的憲兵攔下：

——哪一個部隊的？身分補給證讓我看一下！

自衛隊員故意裝傻，一問三不知。憲兵問不出所以，強行把他押回部隊，換由長官逼問：

——身分補給證拿出來！

——我沒有身分補給證！

——那你是哪一個部隊？

——八〇五部隊！

憲兵隊查遍所有島上單位番號，就是沒有「八〇五部隊」，直接懷疑是對岸共軍混上岸，下令將他五花大綁，準備送往金防部審訊。

斯時，該名自衛隊員才發現玩笑開過頭了，再不講實話，可能會被嚴刑烤問，難逃一頓皮肉之痛！於是，趕緊表明自己是民防自衛隊，所謂的「八〇五部隊」，是因為身上所穿的服裝，是每套自行花費八十點五元買的，所以，自稱是「八〇五部隊」！

其實，軍管體制下，什麼奇怪的事都可能發生，大家見怪不怪，諸如部隊真槍實彈演習，士兵拿著槍在村子裡隨便射擊當遊戲，還放任孩童在一旁觀賞，本來就是一件很危險的事，尤其，槍口下的水塘另一側，還有農民在一旁挑水澆菜，萬一發生槍枝走火或跳彈情事，非死即傷。

也許，生活在戰地，對岸發射的砲彈，經常落在身邊，甚至造成人命傷亡，砲聲聽多了，血淋淋的場景見多了，好像也沒有什麼好懼怕的。所以，有人用步槍在身邊射擊，壓根兒不當一回事。

那三位士兵在水塘邊放完槍之後，正撿拾彈殼準備離開的當兒，在菜園裡的福伯，突然驚聲哀嚎，挑水的扁擔從肩上滑落，鮮血從左肩胛噴出。他反射性地用手捂住傷口，痛得躺在地上打滾。有人見狀大聲呼救：

——救人呵！福伯中槍，救人呵！福伯中槍！……

——緊來喔！福伯中槍，大家緊來逗相扛！

——……！

聽到有人中槍呼救，許多村民朝著呼聲飛奔過去，畢竟，平常大家守望相助，村內的婚、喪、喜、慶，大家都會主動幫忙，何況，是有人遭遇不幸受傷，焉能視若無睹、見死不救？於是，有一名壯漢迅速將福伯背起，並由多位自衛隊員攙扶著：

——快！快送去衛生排！

——傷勢嚴重，大量失血，趕緊幫忙找醫官！

民國三十八年以前，金門島上沒有大馬路，更沒有汽車，居民出遠門，最好的代步工具是騎乘騾或馬。國軍撤守金門之後，才開始有車輛，也積極修築馬路。民國六十年前後，金門島上民間汽車不多，農村更少，而且，沒有電話、更沒有手機，所以，有人中槍重傷，急救的第一件事，不是打一一九叫救護車，也不是找車子送去醫院，而是由人背負，用快跑的方式送往附近部隊衛生排。

的確，當時島上缺乏醫療院所，幸好，村落附近部隊的野戰醫院、衛生單位，就是居民的診療所，遇有村民生病、受傷，皆找衛生排醫官看診，醫官隨時為民眾看診療傷止痛，且來者不拒，也不收任何費用。所以，福伯不幸中槍，大家第一個想到的，就是趕快送營部連衛生排急救。

營部連的衛生排，位於村後的山坡上，起碼有二千公尺的距離，壯漢背著福伯，在其他人幫忙攙扶下，急步快跑向衛生排跑去，路過之處，地上留有斑斑血跡！

這個當兒，許多媽媽呼兒喚女、大家急著尋找親人，驚慌探聽什麼人中槍？受傷程度如何？有沒有生命危險？而在水塘邊放槍的三個士兵也看傻了眼，一個個呆若木雞。正當遲疑之際，一名軍官聽聞有人中槍，從附近的指揮所飛奔過來，不問青紅皂白即對他們拳打腳踢，並破口大罵，想必是誤認他們在水塘邊放槍惹禍。

事實上，我在現場看得非常清楚，水塘邊放槍的那三個士兵，早已放完槍好一陣子，已分頭在草叢中尋找擊發後的彈殼，福伯才傳出中槍哀嚎的聲音。再說，福伯所在的位置，與他們瞄準的角度相差甚多，子彈不可能大幅度轉彎，應是遠處飛來的流彈。可是，部隊在演習，每個兵士發給實彈，任其自行尋找目標射擊，確實容易惹禍！

然而，至於凶手是誰？依照當時的地形、地物及演習場景布置，子彈應是從東邊一百多公尺外的洋樓所發射，但到底是誰開的槍，確實無從查起，遇到類似的情形，軍方一貫低調處理，儘可能大事化小事，小事化無事，以免被「連坐法」牽連遭受懲處，影響自己仕途升遷。

總歸一句話，那三名在水塘邊放槍的士兵挨打，應是蒙受不白之冤。但認真說，他們隨隨便便玩槍，無視旁邊有那麼多民眾和孩童的安全，把人命當兒戲，也很不應該。

福伯中槍之後，哀嚎的聲音一直在耳際迴盪，且呼兒喚女的喊叫聲此起彼落，現場氣氛驚恐萬分，但在好奇心的驅策下，我特地跑去他的菜田，但見水桶擔靜靜地躺在地上，中槍倒地的地方，青菜葉脈與泥土，濺落著一攤攤鮮血，散發出濃濃的腥味，紅頭蒼蠅麕集飛舞，令人怵目心驚！

福伯被壯漢快跑抬到營部衛生排，經醫官初步止血包紮，即轉送「尚義五三醫院」急救。經過仔細檢查，很慶幸彈頭僅從肩胛骨穿過，並未傷及致命要害，約莫住院一週後返家休養。

當我再看到從鬼門關前撿回一命的福伯，靜靜地躺在床上，疲憊的臉龐依舊佈滿著驚恐，往後的十幾天，附近的部隊每天清晨為福伯送早餐——饅頭和豆漿，表面上是展現關懷之情，實際上是藉機觀察傷勢進展，待福伯能下床走動，即不見軍方再繼續送餐，更沒有任何金錢或物資補償。

畢竟，大敵當前、兵荒馬亂，戰火下的人命比螞蟻還不如，村內的民防自衛員，於「八二三砲戰」期間被徵調至碼頭出岸勤任務，遭共軍砲彈炸死、炸傷多人，也只能自認倒楣，還能怨誰呢？

所謂「戰火無情、生命無價」，福伯中槍的故事，只是戰火下不幸的遭遇之一，隨著歲月遞嬗，老年人慢慢凋零，逐漸在村人的記憶中淡忘消失！

記那一場沒有硝煙的戰爭

不久前，南韓部隊於北緯三十八度線「非軍事區域」內裝置大型喇叭，重新啟動對北韓心戰喊話，觸怒北韓人民軍隊，其參謀總部認為是嚴重的軍事挑釁，立即發表「重大佈告」：宣稱南韓「傀儡軍」在軍事分界線一帶，共設置了十一個心戰用的大喇叭對北韓廣播，違反「六一五兩韓共同聲明」，以及「南、北韓軍事協議」，是一項軍事挑釁行為，形同對北韓正式宣戰，嚴厲警告南韓，北韓已進入全面軍事打擊行動，要將首爾變成一片火海。

敵對的兩軍不是用槍砲、或飛彈相互攻擊，僅僅只用大喇叭心戰喊話，進行一場沒有硝煙的戰爭，真的有那麼嚴重嗎？

看到這樣的一則新聞，眼前彷彿一把時光利劍睛空劈下，頓然經過一條時光隧道，我又回到四十年前的童年歲月……。

金門島位於閩南沿海九龍江口外，島形彷若一個啞鈴，隔著一衣帶水的金廈灣，緊緊依偎著大陸故國河山。其東北角有四個濱海的村落，由北而南依序是青嶼、官澳、西園和洋山。其中，官澳村郊最北端突出的馬山，與大嶝三島之一的角嶼，距離僅有二千一百公尺，退潮時更僅有一千八百多公尺，是金門本島最靠近大陸的地方。

而我，就出生在洋山村，那是一個百餘戶人家的古樸農村，幾百年來，居民以耕地種蕃薯和下海插石養蚵維生，而我們家門口面對著海，每天推開柴扉所見的，就是故國河山的大嶝島——所謂的「匪區」、或「鐵幕」。

其實，大嶝、小嶝和角嶼等三個島嶼，原歸屬於金門縣管轄，只有一水之隔、近在咫尺，白天站在岸邊隔海相望，用肉眼即能眺望彼岸人影舉手投足；晚上，夜深人靜時刻，兩島的雞鳴狗叫聲，彼此皆能清楚聽聞。而且，自古以來，居民語言、風俗習慣相同，婚嫁十分普遍，往來關係十分密切，形成共同生活圈。

當然，金門與角嶼兩島近在咫尺，類似的情況發生在世界上任何一個地方，都不足以大驚小怪，但是，自民國三十八年十月二十五日「古寧頭大戰」之後，「國、共」兩軍，就隔著金門與角嶼兩島之間二千一百公尺的海峽重兵對峙，彼此海岸佈滿鐵絲網和地雷，不再相互往來，雙方「槍口對槍口、砲口對砲口」，動不動砲彈就一群群呼嘯而來、也一群群呼嘯而去，時時硝煙四起、烽火漫天，金廈海域成了「美、蘇」武器試驗與競賽的殺戮戰場，無數的生靈在硝煙中淪為冤魂，無數的財產在烽火中化作灰燼。

古往今來，兩軍交戰，為求勝利，手段往往無所不用其極，所謂「兵不厭詐」，歷史上使用奇兵、奇計制勝的例子屢見不鮮。諸如：距今兩千多年前的楚漢相爭，劉邦和項羽為了謀取天下，兩軍對陣苦戰四年分不出勝負，雙方以鴻溝為界訂下互不侵犯盟約。

但是，劉邦率先爽約，趁項羽撤兵之際背後追擊，將楚軍兵馬困在垓下，並派人夜裡在軍營四周大唱楚國歌曲，兵疲馬憊的楚軍於睡夢中，聽到四面八方傳來家鄉歌聲，無不勾起思鄉情緒，無心戀戰紛紛丟盔棄甲潛逃，項羽眼見軍心渙散、四面受敵，自覺大勢已去，無顏見家鄉父老，便在烏江河畔自刎而死。

話說民國三十八年四月，「國、共」南京談判破裂，共軍大舉強渡長江，一路南下勢如破竹，短短半年之間，輕鬆「解放」一千餘萬平方公里的大陸河山，卻在金門「古寧頭」吃了敗仗。而且，面對只有一百五十平方公里的彈丸小島，連續用兵多年仍遲遲無法「解放」。

且說剛撤退到金門的國軍部隊，十餘萬官兵枕戈待旦，隨時準備「反攻大陸」，並沒有長期紮營的意思，普遍暫借村落的宗祠、或民房棲風避雨，為激勵士氣、雪恥復國，他們用油漆書寫，或用水泥在牆壁雕塑「反攻大陸、收復失土」、「反共抗俄、殺朱拔毛」、「消滅萬惡共匪、拯救大陸同胞」等等反共精神標語。

此外，官兵早晨起床或晚間就寢前點名，都要高唱「反攻，反攻，反攻大陸去！大陸是我們的國土，大陸是我們的鄉親。……，我們要反攻回去，把大陸收復！」藉以激勵士氣。

據說，許多官兵難以壓抑思鄉情緒，常常有人大聲的唱、賣力的唱，聲嘶力竭的唱，唱到淚流滿面！因為，他們的家在海的那一邊，那兒有魂牽夢縈的爺娘、那兒有茂密的森林，那兒有無邊的草原，春天播種豆麥的種子，秋天收割等待著新年……，他們想家，他們渴望趕快回家！

《孫子兵法》有云：「攻城為下，攻心為上」。歷史上，諸葛亮南征，採納馬謖「攻心為上，攻城為下；心戰為上，兵戰為下」策略，七擒南蠻首領孟獲成為美談。據說，共軍暗忖戍守金門的「國民黨」部隊，絕大多數是從大陸撤退時沿路所抓的「壯丁」，他們離開家鄉已超過四個寒暑，親人音訊全無，思親情緒必定十分濃郁。

尤其，把部隊帶到台灣的「國民黨」三軍統帥蔣介石，曾揚言「一年準備，兩年反攻，三年掃蕩，五年成功」，可是，官兵一年盼過一年，卻遲遲等不到「反攻大陸」的號角響起，也等不到回家的那一天到來。

因此，共軍企圖展開「心戰」攻勢，想利用金門位於廈門灣外，三面被大陸包圍的地理優勢，自民國四十二年三月五日起，在距金門最近的角嶼，架設「中國人民解放軍福建前線廣播站」，使用九個二百五十瓦功率的擴音喇叭，向金門軍民展開心戰廣播，希望「東施效顰」當年劉邦的伎倆，營造「四面楚歌」的功效，瓦解國軍官兵士氣！

由於共軍在角嶼架設的「廣播站」，音效籠罩整個金門島東北角，而且，廣播內容包括向國軍官兵喊話，搧動起義回歸祖國大陸，除了給予金錢獎勵，並提出「五條保證」寬大政策——保證生命安全、保證不打不罵、願意回家者發給路費、立功者授給獎金、願工作者安排就業。

其次，是對國軍眷屬展開親情呼喚，以及播放大陸各省民謠歌曲。更重要的是，藉以宣揚「戰無不勝的毛澤東思想」與「共產黨」的建設成果，諸如南京長江大橋和鷹廈鐵路通車，發現大慶油田等等，均屬於攻心為上的「心戰」喊話。特別是秋、冬吹東北季風，共軍播音站的音波隨風南下，金門整個東半島幾乎籠罩在喊話範圍之內，對國軍官兵來說，確實是產生重大傷害和危機。

當然，國軍部隊也沒有蒙著頭挨打的道理，立即採取反制措施，同樣在馬山架設一座四十八個喇叭的「播音牆」，大約半年之後，「金門馬山播音站」正式開播，向閩南沿海共軍官兵及大陸同胞進行心戰喊話，宣揚復興基地台灣在「三民主義」自由、民主光輝普照下，民生樂利的繁榮景象，帶給四萬萬同胞光明的希望，以鼓舞反毛反共、擴大敵前抗暴活動，並號召共軍官兵棄暗投明起義來歸，進行對敵心理作戰，冀望瓦解敵人士氣，達到「不戰而屈人之兵」之功效。

隨後，國軍又在金門西北角的古寧頭、小金門的湖井頭和大膽島等四處設「喊話站」，對抗共軍在廈門的香山、石胃頭以及白石炮臺的喊話播音。於是，兩岸「心戰喊話」在金廈海域空中交會，一邊高喊「解放台灣」，一邊誓言要「反攻大陸」，一場沒有硝煙的戰爭正式開打。

前面說過，我出生在金門島東北角的洋山村，那是一個面對著大嶝島的村落，站在岸邊舉目西望，大嶝島上屋宇房舍，依稀可見。雖然，距小嶝的角嶼約有三、四千公尺之遠，但就東北季風吹向而言，角嶼正是金門島的上風處，形成兩點之間最短的距離，所以，角嶼「人民解放軍福建前線廣播站」對金門的喊話，不分白天或晚上、無論在室內或室外，句句聽得非常清楚，不想聽也得聽，除非是耳朵塞棉花；特別是夜深人靜，更是句句穿進耳膜，噪音吵得令人徹夜無眠。

其實，共軍在角嶼所設的「喊話站」，比我早兩年誕生；換句話說，從呱呱墜地起，住在閩南式的磚瓦房子裡，沒有玻璃門窗阻絕，嬰兒期即天天承受噪音的侵害。民國五十年，進入「金沙中心小學」就讀，老師在講堂上課，窗外卻傳來大陸喊話站嗡嗡的聲音，非常吵雜，逼得老師要提高嗓門，才能讓後排的學生聽到；升上金沙國中，校園地勢較高，共軍角嶼喊話站的叫囂聲更響亮，嚴重影響學生聽課，不在話下。

民國五十五年前後，大陸正如火如荼掀起「文化大革命」，共軍喊話站是全天候播音，每個節目開播之前，必先呼喚：「蔣軍官兵弟兄們！金門同胞們！」然後，分別由男、女播音員，以國語和閩南語交替喊話，主要的內容離不開「農業學大寨」、「工業學大慶」，工、農、兵、群眾在「毛澤東思想」領導下，「艱苦奮鬥，自力更生」，生產創造了許多奇蹟，歌頌「毛澤東」和「中國共產黨」，而且，每一次在男、女播音喊話之後，會播放高亢的「大海航行靠舵手」、「東方紅」、或「義勇軍進行曲」等激昂的進行曲，一遍又一遍反覆重播，那是一種高分貝的噪音，對聽眾是一種凌遲和傷害。

當然，大陸對金門之播音，偶而會播放台灣民謠，最常播的是「農村曲」，歌詞為：「透早著出門，天色漸漸光，受苦無人問，行到田中央，為著顧三頓、顧三頓，不驚田水冷霜霜。炎天赤日頭、悽慘日中逗，有時踏水車，有時著搔草，希望好日後，每日巡田頭、巡田頭，不驚嘴乾汗那流。日頭那落山，工作才有散，有時歸身汗，忍著寒甲熱，希望好年冬，稻仔快快大、快快大，阮的生活著快活！」雖然，那是一首日據時代，描述台灣人民生活艱辛的心聲歌曲，卻被共軍藉以嘲諷台灣同胞吃不飽、穿不暖，生活在水深火熱之中，難怪歌曲播放完，必定補上響亮的口號：「台灣是中國不可分割的一部份，我們一定要解放台灣！」

所謂「好話三遍，連狗也嫌！」共軍對金門的喊話，內容是千篇一律的歌頌與政治叫囂，而且，每天不停的反覆重播，真是活受罪！何況，共軍的喊話，極盡醜化台灣在「美國帝國主義」及「蔣幫」統治下，政治黑暗腐敗，貪官污吏橫行，人民過著牛馬不如的生活，分化、挑撥官兵情感，容易引發情緒不滿，尤其是士兵夜間獨自站衛哨，思想易受污染，遇部隊有不當管教，家庭或女朋友變心等感情因素糾葛，就易引發暴力犯上事件。因此，面對角嶼的廣播，國軍加強宣導官兵「不要聽、不要信、不要傳」。

事實上，大陸經常對金門島發射砲彈，雖然，「砲彈不長眼睛」，不幸被炸到，將身首異處，血肉模糊，但是，砲聲聽久了，一般人都能輕易判別落點之遠近，衡量該不該躲防空洞？有沒有生命安全？何況，還有「單打雙不打」，一年之中，還有一半的時間免於砲彈威脅，可是，一年三百六十五天，沒有日夜之分，完全籠罩對岸廣播噪音之中，讓人油生「砲彈易躲，播音難防」之嘆！

由於對岸隔海傳來的「喊話」，分貝非常大，夜深人靜的時刻，句句穿透耳膜，很多人要耳朵塞棉花才能入眠，不僅部隊非常困擾，連尋常百姓也受不了。長期暴露在高分貝噪音之中，易罹患聽覺障礙，和引發情緒暴躁或心血管疾病。曾經，有一位中年村民，夜間被吵得睡不著，大聲嚷著：「汝爸泅水來去將喇叭弄破」。

不巧，被鄰人聽到了，因為，為了阻絕共軍進犯與「水匪」摸上岸，或防止國軍官兵叛逃，金門島上海邊遍布鐵絲網和地雷，同時，嚴禁軍民私自藏有籃球、腳踏車胎等助浮物，發現有人下海泅水，岸上衛哨兵可直接開槍「格殺勿論」，所以，為恐他真的下海游泳釀禍，因而向戰鬥村警員告密，結果，中年男子被治安單位抓去深入調查，所幸，最後證實只是一時氣話，才放他回家。

根據傳聞，當初共軍在角嶼島上架設的喊話喇叭，功率較小，卻被駐守青嶼的「成功隊」兩棲蛙兵摸黑登陸破壞，共軍一氣之下，重新建造一個更大的喇叭，號稱是「世界最大廣播喇叭」，特別在四週架設高壓電網，重新開播之後，國軍「成功隊」再次摸黑上岸，不幸有人觸網犧牲性命，為國捐軀！

共軍角嶼播音站重新開播之後，全年無休，日夜不停高分貝向金門島廣播，音效涵蓋金門東半島大半村落，而且，大陸「文革」運動也結束了，不再是歌頌「毛澤東思想」，內容大幅調整，常常找一些國民黨政軍高層的家屬，或叛逃的國軍官兵前來向袍澤喊話。

印象最深刻的是：民國五十八年五月，空軍官校上尉飛行教官黃天明與學生朱京蓉，駕教練機在廣州迫降向共軍投誠。無獨有偶，同年的八月，戍守金門的陸軍九十二師二七五團二營四連中尉排長周振德，從大金門西園五龍山下海泅水叛逃到大陸，受到共軍熱烈歡迎，被當作宣傳題材，特別是從金門叛逃的周振德，向舊屬官兵喊話的錄音，一再的反覆重播，對軍心士氣打擊最大。

一般而言，金門島上發生官兵失蹤，必定立即全島實施「雷霆演習」，無分軍民，全體總動員展開地毯式搜尋。當然，「周振德叛逃事件」亦不例外，金東守備區部隊連夜移防南雄，讓官兵駐進太武山坑道裡，就聽不到共軍的喊話廣播，以穩定軍心。

唯一反常的是，曾就讀台大農學院的林正義，大一上「成功嶺」參加寒訓，向長官報告願「投筆從戎」進入「陸軍官校」就讀，以第二名成績畢業，又考取國防公費碩士班，畢業後因與長官同名，而自行改名為「林正誼」，獲派赴金門擔任馬山連連長，負責接待高級長官和外賓參觀，馬山連號稱「天下第一連」，能奉派擔任該連連長，前途無限光明，卻於民國六十八年五月十五日晚間帶著連旗和作戰計劃泅水渡海，游過二千三百公尺對岸的角嶼島，向共軍投誠。

當天晚上，馬山連的官兵找不到連長，經通報金防部，緊急動員官兵展開水陸地毯式搜索，隔天全島大規模「雷霆演習」，十萬軍民總動員，當時，我們身為「自衛隊員」，亦曾手臂上綁著「識別」的白布條，手持木棍參與搜尋，翻遍每寸土與水塘，並密切傾聽對岸的廣播。

只可惜，搜遍全島毫無所獲，也聽不到共軍任何有關林正誼叛逃的心戰廣播，由於一直未尋得他的屍體，研判可能是叛逃失敗溺水葬身魚腹。所以，國防部以「失蹤死亡」結案，並發給家屬四十六萬元的撫恤金。（後來，證實林正誼泅水叛逃到大陸後，改名為「林毅夫」，並到美國留學，成為農經專家，民國九十八年膺任世銀副主席。）

因為，馬山是金門距離大陸最近的地方，戒備非常森嚴，一般人不能任意進入，設有高倍望遠鏡的觀測台，專供高級長官與貴賓眺望故國河山。

雖然，我們家住在馬山附近，卻無法進去一窺究竟，直到民國六十五年進入「正氣中華

報」服務，有一次，國防部掌管新聞的長官蒞社視導，奉命陪同參訪防區軍經建設，有幸首次能進入馬山陣地，走過長長的隧道，抵達觀測站瞭望台，透過高倍望遠鏡眺望故國河山。

更可喜的是，陪同國防部高官視導，亦隨同進入「馬山播音站」，現場聆聽播音員親切地向「共軍官兵及大陸同胞」呼喚，以及播放鄧麗君的「月亮代表我的心」、「甜蜜蜜」等歌曲。因為，喇叭是向著大陸喊話，所以，在金門島上聽不到播音的內容。據說，金門各喊話站對大陸的廣播，其中以鄧麗君的歌曲最受共軍官兵喜愛，許多人偷偷地聽，因而流傳著「白天聽老鄧，晚上聽小鄧」，大家心照不宣。

共軍對金門的廣播確實令人討厭，大家都很不願意聽，唯一的例外是，宣佈對金門停止砲擊的廣播，諸如：民國四十七年八月二十三日下午六時三十分，共軍廈門、大澄、小澄、深江、蓮河、圍頭之火砲突然向金門島群瘋狂濫炸，揭開「八二三砲戰」。最後金門守軍展開還擊，雙方激戰四十四天，金門島群落彈四十七萬九千五百餘發砲彈，共軍原擬以重砲摧毀及長期海空封鎖，企圖逼使國軍放棄金門，眼看陰謀無法得逞，於十月六日透過角嶼喊話站叫囂「停火一週」後，繼而又廣播「停火兩週」，後來，再提出所謂的「單打雙不打」。

往後的二十年間，每逢農曆春節、中秋節或五一國際勞動節，共軍通常會透過角嶼喊話站，宣佈暫時停止對金門群島砲擊：「國民黨軍官兵們！金門同胞們！為了讓你們和祖國同胞一樣，歡度春節（或秋節、五一國際勞動節），中國人民解放軍決定，從×月×日零時開始，停止炮擊，以示關懷。」同樣是由一男、一女，以國語和閩南語唱雙簧，一遍又一遍反覆重播，算是播放「佳音」，較受金門軍民喜歡。

所謂的「單打雙不打」，就是「單日炮擊、雙日停火」，然因天候因素影響，形成「雙日一定不打，單日不一定打」，但日曆上的單、雙日，其分界點在午夜凌晨時分，也就是每個黑夜，都有「單日」，只是前半夜與後半夜之別，所以，生活在金門島上的居民天天籠罩在遭受砲擊的恐懼之中。類似的恐懼，一直延續到民國六十八年元旦，「中」美正式建交，角嶼喊話站播出「告台灣同胞書」，宣布即日起停止對大金門、小金門、大膽、二膽等島嶼炮擊，漸漸結束軍事對峙的局面，開啟交流的新頁！

民國六十八年元旦之後，金廈海域的砲聲漸漸遠颺，兩岸有形的戰爭慢慢歇止，同時，角嶼喊話站對金門的廣播，言詞轉為較和善，並於民國七十四年起停播，金門島上的居民，才脫離長達三十二年的噪音侵害，夜間終於能睡個好覺！

要錢不要命的童年

每次聽到「流浪到淡水」悲愴與豪邁的歌聲，尤其是看到戴著墨鏡，用斷掌撥弄弦琴的「金門王仔」，心頭便不由自主地打了一個寒顫。因為，我也是金門人，童年歲月裡，也敲過無數的砲彈，如今，年過半百，回首童年往事，著實嚇出一身冷汗。

「金門王仔」本名王英坦，一九五三年出生在金門后盤村，童年時「國、共」兩軍隔著金廈海峽重兵對峙，動輒以砲彈相互轟擊，所以，金門島上烽火連天、硝煙四起；山野到處是共軍發射過來的砲彈，或是國軍演訓遺落、丟棄的彈藥；小朋友隨手撿拾，就可與收破銅爛鐵的小販兌換枝仔冰或麥芽糖解饞。

王英坦唸國小五年級那年，有一天放學途中撿到一顆砲彈，路隊的同學們圍在一起把玩，不慎誤觸信管，砲彈轟隆一聲炸開，硝煙散去之後，現場有七個同學倒在血泊之中哀號。其中，王英坦的右手當場被炸斷，眼睛也嚴重受傷，經緊急以軍機轉送台北醫治，最後仍傷重宣告失明。

斷掌的王英坦並沒有立即回金門，仍留在台灣治療眼睛，為了生活，他當起電話接線生，因緣際會在盲人重建院認識李炳輝，出生四個月生一場大病後眼盲的李炳輝多才多藝，除了會幫人按摩「抓龍」，也會吹口琴和拉手風琴，二人惺惺相惜，由於王英坦眼盲耳聰，頗有音樂與表演天份，他在右手斷掌的手肘套上一環鐵圈，以凸出的鐵片當手指彈奏吉他，兩人相互揣摩彈琴與歌唱才藝，攜手合作搭檔展開「盲人二重唱」流浪走唱生涯。因為，王英坦是金門人，大家都喊他：「金門王仔！」久而久之，綽號不脛而走。

由於「金門王仔」和李炳輝都是盲人，分別使用不同的樂器，唱歌聲韻各具特色，組合演出堪稱絕配，兩人同病相憐、互相扶持討生活，從台灣頭唱到台灣尾，流浪的歲月不知不覺過了二十幾個寒暑。

有一天，他們流浪到淡水一帶的茶室，以「那卡西」接受客人點唱華視連續劇主題曲「媽媽請您要保重」，因為，其中的歌詞「若想起故鄉，目屎就掉落來，免掛意請您放心，我的阿母，雖然是孤單一個，…。想彼時強強離開，我也來到他鄉的這個省都，不過我真打拼的，媽媽請你也保重！」他倆自彈自唱真情流露，彷彿在訴說自身流浪的悲情故事，現場有一位自立早報的記者潘小俠，聽後深受感動，經深入訪談身世背景，把他們的故事作專題報導，並推介給音樂製作人陳明章，特別為他們寫了一首「流浪到淡水」的閩南語歌曲。

所謂「時來運轉」！盲人二重唱遇到了生命中的貴人，「金門王仔」和李炳輝搭檔演出的「流浪到淡水」專輯推出之後，因歌詞通俗、曲韻悲愴，很容易打動異鄉遊子的心坎，特別是在酒廊、KTV裡，三杯黃湯下肚之後，在酒精燃燒催化下，抓起麥克風能輕易隨著音符狂野吶喊，盡情地釋放胸臆間的苦悶與豪情，難怪被酒國英雄奉為必唱的「國歌」，因而推出短短一個月，專輯即熱賣超過四十萬張，一時之間，「有緣、無緣，大家來作伙，燒酒喝一杯，乎乾啦！」的歌聲風靡大街小巷，人人傳唱，為吳念真代言日本麒麟啤酒廣告帶來風潮。

「金門王仔」原是沒沒無聞的街頭走唱盲人，藉著「流浪到淡水」一曲成名，短時間之內成為家喻戶曉的歌手！也因此，更多人知道他來自金門，以及童年誤拾廢彈成殘的故事。

當然，斷掌眼盲的「金門王」，浪跡異鄉靠走唱討生活，「流浪到淡水」專輯暢銷之後，緊接著又出了一張「來去夏威夷」，銷售業績也不惡，確曾風光一時，但因盜版猖獗，以及台灣音樂市場萎縮，版稅收入驟減，不得已的情況下，又與李炳輝拿起樂器重操舊業，再度回到流浪的走唱生涯。更不幸的是，在一次訪友登樓時心臟病發，於樓梯間倒地不起，口袋內僅剩區區六元銅幣。

「金門王仔」走完坎坷的一生，不幸的際遇令人掬一把同情淚，讓人憐憫想問：當年如果沒有「國、共戰爭」金門淪為戰地，他會被炸斷手嗎？會成為兩眼全瞎的盲人嗎？會以一把吉他流浪討生活嗎？一連串的疑問，最後的答案恐怕都是否定的。所幸，「金門王仔」這一生並沒有白活，令人感佩的是，他沒有因身殘自暴自棄淪落街頭乞討，還能自力更生，一生傳奇的故事，帶給人們的不只是歌聲，更是身心障礙者自立自強的典範，讓金門人與有榮焉！

認真算，我比「金門王」小一歲多，同樣出生在「八二三砲戰」前夕的金門島，特別值得一提的是，我出生的村子後方，駐紮有二個國軍砲兵連，家裡原本春播花生、夏種蕃薯的耕地，被圈圍鐵絲網劃入營區構築砲陣地，八門一五五加農砲隱藏在掩體內，砲口一字排開瞄準大陸的廈門、大嶝和蓮河一帶，彈藥都已上膛，隨時待命準備射擊。

所謂「金門廈門門對門、大砲小砲砲打砲」，職是之故，對岸共軍每次開砲，目標就先鎖定金門島上的砲陣地，來一陣奇襲猛轟，再轉向其他目標。所以，「樓城失火、池魚遭殃」，共軍瞄準國軍砲陣地射擊，彈著點可能因氣候、風向影響失去準頭，那麼，附近的村落便遭流彈波及，脆弱的民房不堪一擊，沒有應聲倒塌，也成斷垣殘壁。

以我們家來說，一間族人託管的一落二櫸頭紅磚瓦厝，先後遭七發共軍砲彈直接命中，磚瓦散落滿地、杉木還起火燃燒，一家老小在風雨飄搖中苟命，險象環生；同時，靠種菜維生的灌溉水井，也遭砲彈震垮，甚至，連耕牛也死於砲火，農作沒有收成，生活無以為繼。

民國五十年，亦即「八二三砲戰」後的第三年，我開始到金沙中心國民小學唸書，直到六年後畢業之前，班上的同學與我一樣，無分酷暑或寒冬，幾乎都是光著腳丫到學校，許多同學穿著美援麵粉袋縫製的上衣，上面還印有「中美合作」的字樣，而黃卡其的褲子，常常穿到屁股破了兩個洞，縫上補丁仍繼續穿，甚至，每個月六塊錢的營養午餐費、和每週一塊錢的「建校基金」也繳不起，戰火下的居民，窮與苦的日子，不言可喻！

提起每個月六元的營養午餐費，話得「講明白、說清楚」，因為，每月所繳交的六塊元，是用以僱用煮「營養午餐」的炊事人員薪資、以及購買調味品與燃料之用，畢竟，當時美國對台灣提供援助，除了武器軍備之外，還包括偏遠地區、離島學童的營養午餐，因此，學校裡屯積大量美援麵粉、麥片和奶粉，供應學童免費食用，一大袋一大袋堆積如山，吃都吃不完，奶粉常結成塊狀，麵粉和麥片都已發霉或生龜蟲，難怪所做成的饅頭，都有一股霉味，裡面也常含有龜蟲，煮好一整桶的麥片粥，上頭總是漂浮著一層大大小小的龜蟲，得先用杓子用力攪動，讓龜蟲浮在麥片粥上，用瓢根勺去龜蟲之後，才讓同學們依序排隊盛粥。

雖然，同學們都知道粥裡有蟲，但大家盛滿一碗麥片粥回到座位上，仍吃得津津有味，畢竟，在家裡普遍只能喝地瓜粥，而地瓜粥裡同樣常常有龜蟲，所以，大家常相互調侃：「吃蟲，才會做人！」

因為，金門島三面被大陸包圍，全島籠罩在共軍火砲射程範圍內，只要從台灣來的運補船團靠近金門，共軍即出動魚雷快艇進行襲擊擾撓，準備靠岸搶灘之際，對岸砲彈即大肆轟擊，在碼頭搬運補給品被炸死、炸傷的國軍官兵和民防自衛隊員不計其數，換句話說，每一粒能吃進肚子裡的米糧，都是用生命和鮮血換來的，能有東西吃就很不錯了，誰敢奢求要吃新鮮的？

事實上，金門島上的糧食在「戰地政務委員」的調配下，所有搶灘上岸的新進米糧，一律先儲存為「戰備米」，再依序推陳出新供軍民食用，所以，在島上能吃到最新的米糧，至少已儲存在密不通風的山洞裡二年以上，寅生龜蟲，司空見慣，大家見怪不怪！

其次，每週繳交一元「建校基金」，因為，金沙國小校舍即鎮公所的舊址，屬於低矮的屋瓦教室，除了漏雨老舊不堪，更容不下一千多名學生，低年級每天只能上半天、或二節課；由於剛歷經「八二三砲戰」，大敵當前，百廢待舉，政府沒有經費蓋新校舍，地方人士發起成立籌募「建校基金」，每學期每位學生發給一張二十格的認捐卡，規定每週節省一塊錢買糖果的零用金，繳交給級任導師後，讓老師在認捐卡上蓋圈圈入帳。

由於當時農村普遍貧窮，我們家孩子多，又無田產，房舍、田園毀於砲火，一家老小僅靠父親種一塊錢三斤的青菜，和母親剝一斤一塊五毛錢的海蚵，每學期註冊學雜費才十幾塊錢，都得四處告貸，黃卡其褲子屁股常有二個補釘，萬里鞋穿到腳趾外露、鞋底磨光了都捨不得丟棄。總歸一句話，在敵人的炮火下，窮到三餐不繼、衣不蔽體，生存都成問題，何來糖果零用金節餘？所以，直到小學畢業前，班上很多同學和我一樣，常因欠繳一塊錢「建校基金」，被叫到講台上罰站！

因此，為了繳交學費、為了吃營養午餐和繳交「建校基金」，我們需要錢，但耕作人家既沒有本能賺錢，也沒有地方可賺錢，錢從哪裡來呢？既不能去偷、也不能去搶！村子裡很多高個兒的同學，紛紛投考「第三士校」，不但甭再繳交學雜費，且三餐可以在部隊裡吃大米飯，不必天天在家裡喝地瓜粥，何況，按月還有白米、食油和鹽等眷糧送到家。

古語有云：「窮則變、變則通！」但我們不會變魔術，不能用空手變出鈔票，只能用雙手去賺錢。當時，村郊海邊有一座土堤，駐軍常當作輕兵器的射擊靶場，每次部隊打完靶後，能在土堆裡挖掘到一些子彈頭，賣枝仔冰或麥芽糖的小販來時，可以與之兌換，也可以直接賣錢。為了繳交營養午餐和「建校基金」，我們挖到子彈頭，都選擇直接賣錢，因此，雖常欠繳「建校基金」被罰站，但每學期結束前，認捐卡上的二十個方格，都能順利蓋滿圈圈。

一般子彈頭的構造，是銅殼內灌鉛，主要的作用是堅硬的紅銅穿透力強，裡面質軟量重的鉛，可讓子彈射出槍口旋轉飛行途中，不受風力吹拂影響前進方向，才能射中目標。但子彈射出後，即變形或爆裂成廢棄物，除非被挖掘出土重新熔鑄，否則，日久天長之後，將在泥土中逐漸氧化回歸成礦物質。

起初，我們挖到子彈頭，直接賣給收購破銅爛鐵的小販，鈔票很快就入袋，但一公斤只有三至五元，而純銅一公斤是三十六元，約為子彈頭的十倍價錢，換句話說，如果能將子彈頭內的鉛熔出，所剩的純銅將能賣得更好的價錢。

於是，我們以「土法煉鋼」的方法，將子彈頭放置於空鐵罐內，用柴火燒烤，彈頭內的鉛熔點較低（約是銅的三分之一），不一會兒的工夫即熔成「鉛水」，倒入預置的模型裡，以水冷卻後成鉛塊，最後，罐內所剩的彈頭殼純銅，就能多賣好幾塊錢。

因為，子彈頭能換麥芽糖或枝仔冰，甚至能賣錢，小小的海邊農村沒有秘密，往後只要有阿兵哥在打靶，一群村童即守在警戒線外，待部隊結束射擊命令一下，大家拚命衝向彈著點的土堤，哪怕是盛夏中午太陽高掛，大夥兒仍無懼暑氣逼人，拚命的挖呀挖，希望能搶到更多的子彈頭。

挖完子彈頭後，大夥兒圍聚在一起燒烤，取得紅銅再出售。至於熔出的鉛塊，較不值錢，小販懶得收兌，但村子裡很多捕魚人家，沈重的鉛塊卻是漁民的最愛，可熔鑄成魚網的吊墜；因為，一般魚網，上端需綁著浮標、下沿要繫著鉛質吊墜，魚網撒入海中才能張開，魚、蟹迴游經過觸網就會被纏住。

雖然，金門島上常有撿拾砲彈被炸死、炸傷的傳聞，學校也常利用朝會加強宣導，希望同學們不要隨便撿拾砲彈，更不要把玩或敲擊。記憶裡，印象最深刻的有二次，其一：有小朋友到珠山靶場撿拾廢彈，不慎引起爆炸，造成多人死傷；其二：后盤山有學生放學途中撿拾砲彈敲擊，造成多人受傷的不幸事件。其中的后盤山事件，所指的應是「金門王」被炸傷那次。

可是，廢彈的銅與鐵，卻是能賣錢的寶貝，能撿到廢彈，就可以兌換枝仔冰或麥芽糖解饞，也有營養午餐吃，更可繳交「建校基金」，焉能不動心？尤有甚者，除了撿拾部隊打靶的子彈頭，有一天早晨，我們上山拔小麥，無意間在田裡發現一顆共軍打過來的砲宣彈彈

頭，很明顯是從其它彈著點彈跳過來，並沒有鑽進泥土裡，尚有半截裸露在外，我與弟弟合力扛回家，被收破銅爛鐵的小販以十八元買走。

無需用一鍬或一鏟，即能輕易獲得十八元，也許，十八元對別人來說，僅是蠅頭小利，但對我們家來說，確是一筆大數目的財富，足足可以吃三個月的營養午餐，或繳交十八週的「建校基金」。因此，往後每逢單日晚上，對岸共軍向金門島發射宣傳彈時，我們會仔細聆聽，研判其落點的方向與遠近，以便天亮出門挖掘，畢竟，那是一個賺錢的大好機會，豈能輕易錯過？

於是，每當單日晚上砲彈落在村莊附近，隔天大清早，我們兄弟即帶著竹竿和挖掘工具，出門尋找彈著點，先用竹竿捅捅看，若是彈頭鑽入地裡太深，挖掘工程浩大，即便費盡力氣挖掘，也不一定能順利挖出彈頭，只得選擇放棄；反之，若是彈頭鑽進土層較淺，那麼，順著竹竿慢慢挖掘，常常能有所收穫，每當抱起彈頭，學費和營養午餐有著落，那份喜悅難以形容！

本來，共軍對金門發射的砲宣彈，從砲口射出時「砰」的一聲，落地時再「砰」的一聲巨響；大約於民國五十五年前後，共軍發射的砲宣彈，落地前變成「碰！碰！」連續兩聲，有一天朝會，學校訓導主任宣布，若有人最先發現「雙響」的未爆彈，將可獲得一千元獎金（應是為了拆解研究）。因此，每當夜間共軍砲宣彈轟擊村落附近，隔日未待天明，我們兄弟倆即起身出門尋找彈坑，希望能發現未爆彈。

可惜，希望愈大，失望也愈大！不久的一天，班上的同學抱來一顆「雙響砲」未爆彈，彈頭比以往的單響砲略大，底部還多裹繞著一圈紅銅，同學們圍了過來，爭相撫摸著那顆黝黑的彈頭，將可獲得一千元獎金，人人流露著異樣羨慕的眼神！

後來，我們又獲知砲彈粗鋼不值錢，真正值錢的是鋼胚外的那圈紅銅，如果把紅銅敲下，鋼與銅分開賣，將可賣得更多錢，於是，往後的日子，只要挖到砲彈，為了取下紅銅，經常用鐵錘大力敲打砲彈，壓根兒沒有想到萬一爆炸，可能粉身碎骨！

如今，年過半百，兄弟們皆已長大成家立業，分別在政、商和醫界擁有安定的工作與美滿的家庭，回首童年往事備覺心酸，尤其，每次看到未爆彈的新聞，兒時挖砲彈、敲紅銅那種「要錢不要命」的情景，又立刻一一浮現眼前，特別是聽到「流浪到淡水」的歌聲，以及看到戴著墨鏡，用斷掌撥弄弦琴的「金門王仔」的影像，心頭便不由自主地打了一個寒顫，嚇出一身冷汗！

童年課外讀物

小時候，放學回家書包一甩，即背起籮筐、拿起鐵耙，到馬路邊的木麻黃樹下耙落葉，供作燒水煮粥；或拿起布袋和鐮刀，上山割牧草，順便牽牛回家；農村的孩子，總有幫不完的耕作瑣事，即便明天要月考或期末考也一樣。

以前，金門島上沒有瓦斯，也沒有電力供應，自然沒有瓦斯爐炒菜或電鍋煮飯。一般市街商店普遍以煤球煮飯、炒菜，而鄉下農家則燒柴火，通常是樹木的枯枝或田野的雜草；是以，家家廚房建有大灶，長長的煙囪穿出屋頂，每天早上晨曦初露或傍晚夕陽西照，家家冉冉炊煙升起，一縷縷白煙隨風飄散天際。

昔日，一般家庭晨起開門七件事——柴、米、油、鹽、醬、醋、茶。其中，柴火排在首位，即因生活之中，假如有米、有油、也有鹽，卻沒有柴火煮熟，那麼，白米也不能生吃裹腹，因而農村家戶都備有「柴間」，儲存許多乾柴及雜草，以防備雨天到處濕漉漉的，才能有乾柴生火。正因家家戶戶需要柴火，大家爭相砍樹、耙草，以致海島的金門，放眼童山濯濯，到處黃沙滾滾，特別是在冬天，強勁的東北季風來襲，飛砂走石覆蓋田園與房舍，居民深以為苦。

民國三十八年國軍退守金門之後，十數萬駐防官兵炊事亦需柴火，軍民爭相砍樹伐木，島上缺柴情況更為嚴重，集黨、政、軍一元化領導的「金門防衛司令部」司令官胡璉將軍有鑑於此，乃將造林列為重要政策，除了進口煤碳供部隊當燃料，特別嚴禁軍民砍伐樹木，一方面從台灣空運樹苗來金，分配部隊有計劃栽種，訂定官兵認養澆灌獎懲辦法，藉以確保存活力；另一方面以向台灣買酒品的錢，轉而購買白米，鼓勵居民種植高粱，以一斤高粱兌換一斤白米，並在舊金城興建酒廠，釀造高粱酒供軍民飲用，這項措施對改善金門民生是「一舉三得」：第一、讓居民有白米吃，改善農民長年吃蕃薯的窘況；第二，農民有高粱稈當柴火，也解決燃料短缺的問題；第三、設立金門酒廠，提供居民就業。當年無心插柳，如今讓金門高粱酒名揚中外，福利縣民！

除此之外，由於羊隻喜歡吃樹苗，司令官曾下令軍民禁止飼養，凡是看到羊隻啃噬樹苗，准予就地撲殺，不但可免賠償，還另有獎勵，非常時期以非常手段，軍民齊心造林保林，人人全力以赴，經過多方努力，島上終於綠樹成蔭，馬路兩旁木麻黃成「綠色隧道」，除了具備部隊行動掩護功能，落葉更成為民眾燃料的主要來源之一。

孩童時期，常常要上山耙草或割牧草，但兩者之間，我傾向喜歡耙草，因為，上山耙草無拘無束，高興到哪裡耙，就到那裡耙，反正只要能耙滿籮筐，就能交差了事；而割牧草，

因耕地皆已種植作物，曠地長出的青草，早已被放牧的牛羊啃噬一空，欲割滿一袋牛隻夜宿草，並不容易。

其實，真正喜歡耙草的原因，是可不必到馬路兩旁耙取，而是我們幾位頑童「人小鬼大」，常常結伴爬過鐵絲網，偷偷蹓進部隊的軍營，因為，軍營是「禁區」閒人莫入，裡頭的木麻黃樹下，每每積著一層厚厚的針葉，只要三兩下的工夫，即能輕輕鬆鬆耙滿一籮筐背回家。

所謂軍營是「禁地」，因為，金門與大陸一水之隔，最近的距離只有二千一百公尺，「國、共」兩軍隔海重兵對峙，處於緊張交戰狀態，除了彼此用砲彈轟擊對方，夜間還會相互派遣水鬼（兩棲蛙兵）滲透刺探軍情或摸哨（割頭顱或刺死割耳朵回去當戰利品），特別是共軍於民國三十八年進攻金門於「古寧頭」吃了敗仗，仍時時叫囂「解放台灣」，所以，為防止共軍進犯，國軍在全島海灘構建「軌條砦」，阻絕登陸船艦靠岸，沿岸架設鐵絲網，並埋設各式地雷，包括人員殺傷雷和反坦克地雷等等。

同樣的，一般軍營的外圍，也都架設阻絕鐵絲網，裡層再挖掘約寬五公尺、深二公尺的反坦克壕溝，倘若敵人的裝甲車硬闖，必跌落動彈不得；同時，壕溝內佈滿反空降三角叉，隱藏於雜草之中，假如暗夜共軍的「水鬼」摸上岸掉落壕溝內，準會被鋒利的鋼叉穿膛刺肚，非死即傷！

「反空降三角叉」是一種很特殊的東西，大概只有戰地金門和馬祖才有，因為，當時我國退出聯合國，台海關係空前緊張，大戰有一觸即發之勢，為防範共軍登陸，金門島上軍民全面備戰，加緊構築碉堡、挖掘地下坑道，同時，所有空地都布置「反空降三角叉」，預注等邊三十公分、厚度約十公分的三角水泥塊，各角向外斜插一支約三十公分磨尖的鋼筋，正中間則有一支直立的鋼叉，下半截穿透水泥塊固牢於地，因此，金門島到處佈滿三角叉，倘若傘兵從天而降，落地必死無疑！

除此之外，所有農民耕作的田地，大約每相隔五十公尺布置一根四、五公尺高的水泥柱，柱頭也有三角叉，除可阻絕傘兵由天而降，更能防止共軍直升機載運武裝部隊降落，假如直升機螺旋槳風葉碰到水泥柱，大概就無法再起飛回去運兵了。民國三十八年「古寧頭大戰」，九千餘名共軍先頭部隊，搭乘二百餘艘大小漁船進攻金門，原本計劃船隻要趕回去載運援兵，無奈大部份船隻困於海灘，隔天被台灣起飛的國軍轟炸機投下燃燒彈燒個精光，否則，如果當時共軍還有渡海載具，援兵陸續趕到，中華民國歷史恐怕早已改寫！

由於金門島上的最高峰太武山，部隊在山前、山後布滿「反空降三角叉」，仿如山前山後百花盛開，所以，當時有一首「山前山後百花開」的流行歌曲，被諭令為「禁歌」全面禁唱，歌詞是：

山前山後百花開，摘一朵花兒襟上戴，
人前人後走一回看一看，有誰來把花兒愛花兒愛。
山前山後百花開，摘一朵花兒襟上戴，
人前人後走一回看一看，有誰來把花兒愛姐兒採，
粉蝶也知道花嬌媚，飛到我姐兒的身旁來，
難道哥兒就那樣呆就那樣呆，
還要我往他的手裡塞，手裡塞。
山前山後百花開，摘一朵花兒襟上戴，
人前人後走一回看一看，有誰來把花兒愛姐兒採。

當時，全面反共抗俄「人人保密、個個防諜」，假如有人被懷疑有匪諜嫌疑，首謀如果不是被槍斃，就是被送去唱「綠島小夜曲」，從犯也會被抓去關幾年再教育，進行洗腦「思想改造」。

的確，「毋恃敵之不來，恃吾有以待之」，軍營除了構築層層安全阻絕，外加火網交織

的伏地堡防護射口，敵人想越雷池一步並不容易，但敵人遲遲沒有來，所布置的「反空降三角叉」，從來沒一個敵人踩到，相反的，倒是許多島上的軍民或牲畜受傷。然而，我們幾個小蘿蔔頭「天不怕、地不怕」，常常利用阿兵哥午睡時刻，偷偷爬進去，我們害怕的，不是誤觸地雷或「反空降三角叉」，而是怕衣服被鐵絲網勾破，或被阿兵哥撞見活逮，會被訓誡一頓。

但是，為什麼我們還樂此不疲呢？因為，軍營裡有垃圾坑，那是一個尋寶的好地方，除了可撿拾破銅爛鐵換枝仔冰或麥芽糖解饞，也可以撿到阿兵哥淘汰的小尺寸布鞋，有些還蠻新的，只要沒有破損，都可以穿著去上學，免得打赤腳被老師叫到升旗台罰站。

事實上，每一次偷爬進鐵絲網裡，我最大的願望，就是希望能撿拾一些書刊雜誌，諸如：勝利之光、文壇、中華文藝、國魂、新文藝、傳記文學；以及青年戰士報（青年日報）、徵信新聞報（中國時報），甚至，還有國軍文藝金像獎的散文、或小說專輯單行本等等。

雖然，從軍營垃圾坑撿到的書刊，每每只是一些斷簡殘篇，但在那個年代，卻是最好的課外讀物，除了自己愛不釋手，展讀再三，還可帶到學校與同學傳閱分享。畢竟，當時金門是戰地，鄉下農村還沒有供電，既沒有電視，更沒有網路（還未發明），甚至，收音機也屬管制品，一般人嚴禁擁有，也買不起，能撿到部隊的舊書刊，真像撿到寶物一樣，書冊裡有

許多小說故事，文情並茂，令人百看不厭，可藉以窺探課本以外的世界，滿足幼小好奇的求知慾望。

記得從軍營撿回來的書刊，令我最喜歡的是「文壇」和「新文藝」，因內容普遍刊載許多小說、散文。作者的文筆均非常流暢，無論是長篇或短文，篇篇詞彙精美，故事情節高潮迭起，緊緊扣人心弦，讀起來常令人感動落淚，或拍案叫絕！在記憶中，公孫嬿、朱西寧、司馬中原、田原、王藍、楚卿、鄧文來，呼嘯、姜貴、張秀亞、謝冰瑩等等作家的作品，各具特色、篇篇精彩，讀後讓人記憶深刻，回味無窮！

以「文壇」來說，它的園地公開，號稱是「替讀者選擇好作品、替作家發展好作品」。據說投寄稿件非常多，大約只有十分之一能獲刊登，所以，文稿能獲主編青睞躍登「文壇」的作家，其筆鋒功力均非等閒之輩，文采更是字字珠璣。

據拜讀作品了解，「文壇」和「新文藝」的編者與作者，大都原是大陸辦報、編報，或寫作經驗豐富的學者菁英，孩提時即背誦「三字經」、「千家文」、「幼學瓊林」、「古文觀止」等啟蒙讀物，具備深厚國學底子，而且，學識與見識均十分淵博，很多是因時局戰亂動盪，熱血沸騰投筆從戎，或隨國軍撤退來台，他們曾轉戰大江南北，足跡遍及五湖三江，特別是離鄉背井，飽嚐人間悲歡離合與顛沛流離之痛，無論是社會生活歷練，或是軍中戰鬥體驗，在在都非常的豐富，他們在等待「反攻大陸」歸鄉之餘，將所見所聞融合自己的思想反映於筆下，透過熟練的寫作技巧躍然紙上，每篇作品均堪稱一時之選，文采豐富、情節生動，自然賺人熱淚，不在話下。

值得一提的是，許多作家隨國軍部隊台、澎、金、馬輪調移防，幾乎都駐紮過金門，所以，許多軍中刊物的文章，情節常常穿插金門的風土民情，讀來彷如身歷其境，倍感親切溫馨。

舉個實例來說吧，其中多次駐防金門的公孫嬿，本名查顯琳，年輕時曾就讀北平輔仁大學，民國三十三年中華兒女全面對日抗戰軍興，在「一寸山河一寸血、十萬青年十萬軍」的號召下，他毅然投筆從戎，投考位於四川成都的陸軍官校，就讀砲科。畢業後隨軍來台，多次移防金門、馬祖，駐遍所有離島，名震中外的「八二三砲戰」期間，他在小金門擔任砲兵連長，寫過許多小說，諸如：《不鏽鋼》一書，大部份情節都以在小金門的黃厝、大金門的昔果山、水頭等村落駐地為背景，滲入金門的風土民情，描寫砲戰的情景，以及軍中的一些忠義事蹟，故事情節高潮迭起，更由於他常以古詩詞之美入文，以唯美浪漫字彙抒寫人間百態，筆調輕鬆流暢、幽默風趣，篇篇引人入勝！

坦白說，當年撿過的軍中刊物，公孫嬿所寫的《不鏽鋼》一書，算是比較完整無缺頁的一冊，我曾一遍又一遍的看，愛不釋手，其中精彩的字句與文辭，還逐一抄錄成筆記。正因喜歡看他的文章，後來在「黎明書局」找到他的小說《夜襲》一書，趕緊買下二本，當晚擁被夜讀，一口氣看完全書，其中的水頭〈得月樓〉一文，以金門人出洋打拚返鄉建樓，為防止海盜打家劫舍的故事為背景，穿插悽美的愛情故事，兼而描寫軍民同島一命，情感交融，讀來身歷其境，尤感溫馨親切！

後來，也在黎明書店找到「堯舜出版社」印行的《中東采風》，那是他駐伊朗軍事武官時的見聞錄，分上、下兩集，每集皆超過五百頁，兩冊合計定價三百二十元。當年，我是醫院裡的臨時約僱人員，月薪二千三百一十元，兩本書即花去薪水的七分之一，也忍痛買下，由此可知多麼喜歡公孫嬿的文章。

當然，公孫嬿戎馬生涯駐遍金、馬離島，參加所有臺海戰役，由砲兵基層連長晉升到將軍，歷任駐菲律賓、伊朗軍事武官，駐美國首席武官，並膺選為世界各國武官團團長，社會生活閱歷與軍中經驗極為豐富，先後出版過新詩、散文、小說等二十五種文集，諸如小說集《火線上》、散文《倚砲集》、小說《雨中花》及散文《春雨寒舍花》等等，都是駐防金門時在敵人的砲火下所寫，可惜無緣一睹丰采。

說實在話，民國六十年左右，台灣地區的印刷技術，還停留在北宋時期畢昇發明的「活字印刷」階段，無論書籍、報刊均以鉛字排版，想要出版一本書，得從鑄字、撿字、排字、印刷，以致後端的裝訂、裁切，手續至為繁瑣，工程非常浩大。因此，書刊是人們最佳的精神食糧，可說是奇世珍寶，也因此，想要撿到一本官兵丟棄的書刊、雜誌，那是可遇而不可求。

因此，每當從垃圾坑裡翻出一本書刊，真是如獲至寶，小心翼翼地加以整理、修補殘缺的書頁，展讀再三，讀到不懂的文句，趕快查字典；發現精彩的文句，立即用筆記錄。所讀過的書冊，分類穿孔裝訂，由於只撿不丟，日積月累的結果，撿來的書刊已積滿一大木箱，為防書蟲啃蝕或發霉，每當春雨過後，都得找個艷陽天搬到太陽下曝曬。

所謂「近朱者赤，近墨者黑」，每當撿到一本書刊，即囫圇吞棗研讀，潛移默化的結果，陶鑄成一股熱愛文學的傻勁，進而練習寫稿和投稿。

前面說過，我是醫院裡的臨時約僱人員，主要做「血絲蟲病」採血與檢驗工作，由於檢驗室與X光室僅一牆之隔，當時屬於「單打雙不打」的年代，也就是每逢日曆上單號晚上的前半夜，或是雙號晚上的午夜過後凌晨時分，對岸共軍都會向金門群島發射宣傳彈，不幸被砲彈直接命中，或是被砲彈擊垮倒塌的石塊壓傷，傷患抬進醫院先照X光，而X光室僅剩一名技師日夜顧守機房，他要吃飯、也要上廁所，家裡還有父母妻兒，無法長期全天候值班。

由於我屬臨時約僱人員，準備參加公職考試，所以，公餘時間經常留在辦公室看書。有一天，X光室的技師找我，教我胸腔、腰部與肢體骨胳等操作技巧，以及暗房沖片技術，希望我能偶而暫時代班；經他精心調教，幾週之後，我已能獨立作業，有一天下午，主治大夫帶著報社社長到X光室，說社長有抽煙的習慣，要照一張胸腔X光片，正巧由我留守代班，於是，依程序很快完成拍照和沖片。

約莫一個月之後，報社準備承印金門酒廠包裝盒，以及為因應有朝一日金門島遭共軍封鎖，能自行印製「宣傳單」，籌備成立平版「彩色印刷廠」，公開招考技術人員，預定送往台灣接受專業訓練。事前，我不知道「彩色印刷」是怎麼一回事，只知道能前往台灣受訓，回來後能成為專業技術員，所謂的「家財萬貫，不如一技隨身」，因而前往報名。在一百多名報考者之中，幸運通過首階段筆試，進行第二階段面試時，擔任主考官的社長一眼認出：

——你不是前些日在醫院幫我照X光的嗎？

——是的！

——醫院工作很不錯，為什麼不想幹？

——我不是學醫的，那天的X光拍照，是臨時代班！

——報社的工作很辛苦，薪水也很低，尤其，這次招考的人員，要先到台灣受訓半年，每個月只有四百元零用金，食宿得自理，你願意嗎？

——我願意，因為我還年輕，不能只看眼前，希望能學得一技之長。

社長和在座的二位評審輕聲交談，彼此會心微笑後說：

——好吧，你先回去，我們將進行評比，另行通知。

原來，在座的那二位評審，其中一位是中央日報社工務主任，剛從美國學習彩色照相製版印刷技術歸國；另一位是台北市立工業職業學校印刷科主任，他們都是國內頂尖的印刷專家。因我有照相與暗房沖片基礎，獲得優先錄取擔任「彩色製版照相分色」工作，到台北拜《中央日報》一位剛從日本受訓回來的技師為徒。

所謂「時來運轉」！就這樣，我從醫院轉職進入報社工作，赴台受訓回來後，先從事十餘年的照相工作，因常在報刊投稿，獲編輯主任顏伯忠賞識提拔進入編輯部，安排在校對組做文稿校讀，目的為實習發稿程序與實務，六個月後正式派任新聞編輯工作，幾年後經過升等考試，獲擢升為編輯主任，四年多後，又晉升為總編輯，二年七個月後調離，總計在報社工作超過三十一個年頭。

我的童年在敵人的砲火下，成長之中沒有「兒童才藝班」，也沒有「升學補習班」，更沒有電視與網路，所幸，「一枝草、一點露，天無餓死刻苦人！」能從軍營垃圾坑撿回書刊當成課外讀物，「土法練鋼」熬出一股熱愛文藝的衝勁，想不到寫稿與編報成為一生重要的工作，更成為一家老小的衣食來源。此外，這些年來，先後發表過七、八百篇評論與散文，以及超過五百篇社論，為讓更多人認識金門風土民情，也敝帚自珍將拙作分七冊結集出版，透過出版社及網路行銷，國內許多圖書館均有收藏。

如今，年過半百，回首前塵往事，自認天資魯鈍，能忝為文字工作者，堪慰平生！午夜夢迴常捫心自問，要不是童年從軍營撿回那些書刊，靠書中未曾謀面的作者啟蒙教誨，我能有今天嗎？

白袍將軍

——金門榮譽縣民趙善燦戰地行醫救人的故事

我的姐夫，祖籍江蘇，小學畢業那年，高高興興地領了畢業證書，正準備到縣城裡讀中學的時候，卻因「國、共」內戰加劇，學校的老師帶他們隨國軍撤退到台灣，成了舉目無親的流亡學生。

話說民國三十八年初，「徐蚌會戰」國軍慘敗，華中、華東地區五個兵團近六十萬兵力折損殆盡，面對共軍攻勢招架無力、節節敗退；共軍乘勝追擊大舉渡過長江，京、滬相續失守，潰散的國軍殘餘部隊，不肯被共軍招降納編者，隨國民政府從上海登船撤退至台灣；部份向南且戰且走的部隊，撤退至金門島作殊死戰，終於在十月二十五日於「古寧頭」打了一場大勝仗，才穩住頹敗的局勢。

古往今來，敗逃的軍隊，無不沿途掠奪民間財物與糧食，抑或強擄男丁補充兵員。相對的，兵荒馬亂之際，百姓唯恐被殺害或被拉去當軍伕，亦常掀起逃亡潮，難民流離失所，親情骨肉分離，不在話下。

事實上，隨國軍撤退至台灣的人潮中，所夾雜的年青學生與男童，部份正是強擄男丁加入行伍；有些則是學校的老師，帶著學生一起逃難；有些是國民政府官員眷屬；有些因戰亂與家人離散被國軍收留；有些是家庭為分散風險，將部份孩子託請朋友帶出大陸，……，情況不一而足，但無論是自願的或被強迫的，他們原本都是父母懷中的心肝寶貝，無奈因戰亂而離開溫暖的家庭，孤身流落到異鄉。

隨國軍部隊來到台灣的孩子，年齡在六至十五歲之間，總計有一千三百多人，被孫立人將軍收編至在鳳山成立的「幼年兵隊」，按年齡及程度編隊，施以小、中學教育。而我的姐夫，與另一位來自浙江省，名叫趙善燦的伙伴，一同安置位於西子灣的「高雄要塞司令部軍官研究班」。後來該班址準備做為　蔣公行館，因而遷到「壽山」上面，改番號為「高雄要塞司令部幹部訓練班」。

「壽山」就是柴山，位於高雄市的西南濱海，可以清楚地眺望高雄港進出的船隻。他們流落他鄉為異客，家人音訊全無。他們日夜想家、渴望回家，但每天所望見的船隻，卻沒有哪一艘能跨越台灣海峽、沒有哪一艘能載他們回家，無不黯然神傷潸然淚下。

當時，依照反共復國計劃，帶他們出來的最高統帥，揭櫫「一年準備、二年反攻、三年掃蕩、五年成功」；同時，為整軍經武培養部隊中堅幹部，鼓勵流亡學生投考軍校。而我的姐夫暗忖著：頂多再等待五年，就可以反攻大陸回家了，唸軍校四年，畢業後還得在軍中服

役十年，因此，他放棄投考軍校，痴痴地等待反攻大陸的號角響起。

然而，同在「高雄要塞司令部幹部訓練班」的夥伴——趙善燦，自大陸出來時，也同樣只有小學畢業，但經過不斷的自修學習，努力奮發向上，經過大陸來台知識青年學歷檢定，民國四十四年以高中同等學歷考入「軍醫訓練班」。畢業後以少尉醫官任用，正值金門爆發「八二三砲戰」，他被分發到金門前線裝甲兵七〇四營衛生隊，駐防在昔果山一帶。

金門是海島，地形崎嶇，且年雨量稀少，特別是東北季風強勁，不利農耕畜牧，復因元代伐木煎鹽，加諸明末鄭成功將金門作為「反清復明」的根據地，為攻打台灣趕走荷蘭人，大舉伐木造艦，且民間爭相砍柴生火，以致放眼童山濯濯，昔果山一帶屬於紅土地層，表土經雨水沖刷流失嚴重，處處是斷崖和蝕溝、寸草不生，舉目不見林木，風起塵土飛揚。

就以軍事觀點而言，駐地缺乏林木隱蔽，不利部隊紮營。但是，金門三面被大陸包圍環伺，只有昔果山和后湖一帶距離大陸最遠，為對岸共軍火砲射程所不及，且國軍使用的美製F—八六軍刀機，優於共軍俄製的米格機，空中優勢仍操在國軍之手，所以，昔果山算是金門的大後方，雖無林木為天然屏障，卻是紮營最安全的地方。因此，機場就建在那裡，飛機起降較不受敵人砲火干擾。

趙醫官所屬的野戰坦克部隊，配置駐紮在昔果山，目的就為確保機場安全。但為求人、車隱蔽，部隊順著紅土層的溝渠挖掘山洞，營部衛生隊住在土洞裡，趙善燦和其他官兵一樣，自力以圓鍬和十字鎬挖掘土洞，作為軍民診療所，以擔架作為克難式的病床，醫療箱替代藥房，偶而天晴燠熱，改以帳篷在戶外作為診療所，為昔果山一帶的軍民看診、為砲彈炸傷的病患手術。

由於昔果山一帶沙塵滾滾、草木不生，尤其是紮營於雨水侵蝕的山溝，土洞每雨必淹，且土層鬆動，曾多次發生坍方，被掩埋的人員幸搶救得快，未釀成悲劇。於是，部隊移防夏興，獲得分配一間牢固的碉堡當作診療所，繼續為軍民療傷止痛。但共軍的炮火時常落在附近，有時是密集轟炸、偶而是零星騷擾，常常有人傷亡。有一天清晨六點，趙醫官正在碉堡上方的斜坡上晨讀，正好中共的一發炮彈命中相距一百多公尺高炮部隊的崗亭，震耳欲聾的強烈爆炸聲和彈片土石煙塵飛滾而來，說時遲、那時快，趙醫官立刻滾入山溝中，幸免於難。與夏興僅一條馬路之隔的成功村，曾有一位孕婦在床上待產，共軍炮彈從屋頂穿入直接命中，被炸得身首異處的現場，血肉模糊，慘不忍睹。

民國四十九年一月，趙醫官被調離坦克部隊，到陸軍九十三師衛生連擔任第三排排長，在湖下村借用民房設立民眾診療所，為湖下、四埔、古寧頭和下埔下等村落為民眾診療，嘉惠民眾，遇行動不便的病患，還主動「服務到家」看診；遇罹患重症者協助轉送到金門衛生院；視病猶親的作法，深獲民眾的愛戴與歡迎。

根據《金門縣志》記載：「金門乃屬海島，向乏衛生觀念與醫療保健設施，故常有瘟疫流行，死亡率高。」在對日抗戰以前，沒有醫療機構，居民生病無處看診，也沒有醫藥，連最簡單的割盲腸手術也沒有，不少居民「中沙」（即盲腸炎）不能開刀而枉死；同樣的，也有許多婦女難產，未能開刀剖腹產，以致母子同時含恨而終，造成許多人倫悲劇。

因此，在沒有醫療設施的情況下，居民遇有身體病痛，只得尋求自力救濟。通常有三個管道：分別是採擷草藥或服用成藥自療、聽信民俗療法或偏方，以及求神拜佛，祈香灰、喝符水。

首先，是採擷草藥或服用成藥自療。一般而言，有人感冒或發燒，通常是到田埂拔「姆仔草根」，或採「車前草」、「風蔥」的葉片，熬煮成湯服用，以鎮痛解熱，因此，許多人的庭院裡擺著器皿盛土植栽，但所栽種的花草，每每不是觀賞的玫瑰或蘭花，而是藥用的「車前草」或「風蔥」，以備家

左：民國四十九年趙善燦調陸軍九十三師擔任衛生連排長，於湖下村借民宅為「民眾診療所」。

右：民國四十七年「八二三砲戰後」，趙善燦分發至金門戰車部隊擔任少尉醫官，於昔果山自掘土洞為軍民診療。（照片由趙善燦提供）

人「頭燒耳熱」不時之需。其他的，諸如：「一條根」可舒筋活絡、驅風去濕、解熱鎮痛；「到手香」，可殺菌、驅蟲；「山芙蓉」可清熱解毒、消炎止痛；「雞屎藤」可祛痰、止咳等等，草藥種類繁多，不勝枚舉。甚至，蟑螂排放一顆顆黑色的糞便，據說也有「祛風」的作用，老人家常視為醫藥。

致於服用成藥自療，則更為普遍。因為，金門是「僑鄉」，成年男丁皆「相招逗陣」到南洋群島討生活，他們返鄉探親餽贈親朋好友的伴手禮，除了縫製衣裳的布料之外，最常見的是「虎仔油」、「保濟丸」、「五塔散」「仁丹」、「八卦丹」或「雲南白藥」等等成藥。由於成藥服用簡單、方便，對身體病痛症狀具有一定的療效，加諸大家口耳相傳，在醫藥不普及的金門島上，成為家庭必備的藥品。

畢竟，一般人遇頭暈、頭痛或蚊蟲叮咬，習慣用「虎仔油」在太陽穴或傷痛處撫拭，薄荷產生冰冰涼涼的感覺，很容易減輕暈眩和疼痛；同樣的，若是遇肚子痛、腹瀉、噁心嘔吐等胃腸不適症狀，則習慣服用「保濟丸」、「六神丸」、「五塔散」，因為，類似的成藥，對胃腸不適頗有療效，可以固腸止瀉。此外，如果遇跌打損傷，則趕快敷上「雲南白藥」止血止痛。反正，一般人都認為，藥品是華僑從南洋帶回來的，服用較諸自行採擷的草藥，更容易見成效，因此，許多人當成「救命仙丹」珍藏，若非情不得已，也捨不得使用。

事實上，在那個沒有醫生的年代，能有藥吃，就很不錯了，誰會懷疑是否係偽藥或劣藥？誰會耽心產生副作用傷身？要不然，像蛀牙疼痛，既沒有牙醫根管治療或拔除，只好撫腮忍痛，讓發炎的牙床腫大，甚至眼臉都腫歪了，也束手無策，只得等待牙齦破裂膿水流出，疼痛才慢慢消退。所謂「牙痛不是病，痛起來要人命！」這句大家耳熟能詳的話，應是昔日缺乏牙醫診療，患者痛入心扉的肺腑之言，反觀今日醫藥發達，現代人恐怕無法體會其中的涵義！

其次，民國三十四年對日抗戰勝利之前，金門島幾乎沒有醫療設施，居民生病無處診治，在採擷草藥自療無效之後，通常要進一步採行民俗療法或偏方保命。諸如：皮膚出現兩點對列的紅疹，呈現帶狀分佈纏繞身上；紅疹奇癢無比，與時俱增漸漸成為水泡，有如蛇的鱗片亮晶晶，類似的症狀民間稱之為「纏身蛇」或「飛蛇」，普遍認為是染上「妖魔邪氣」，若不立即「斬蛇」，而被纏繞身體一圈就沒救了。所以，不幸染上「纏身蛇」的人，都會心生害怕，得趕快找法師「除魔斬蛇」，才能保住性命！

根據醫學報告顯示：「纏身蛇」是神經受到濾過性病毒感染而引起的帶狀疱疹，患者非常疼痛，即便患者被纏繞身體一圈，也不會死亡。但若沒有妥善醫治，紅疹水泡因擾癢破裂，而被細菌感染，傷口易造成潰爛，將衍生成蜂窩性組織炎，痊癒後會留下神經痛等後遺症。然而，在教育不普及、醫藥不發達的年代，人們普遍相信民俗療法處理「纏身蛇」，方法雖不盡相同，有些用朱筆在患者身上畫蜈蚣、有些則在紅疹上塗點雄黃，但大抵都脫離不了要焚香和唸咒語，最常見的咒語是：「斬飛蛇，戴鼎蓋，父姓林，母姓蔡，大蛇趕入山，小蛇走散散，斬斷斷，走遠遠。」（閩南語）

記得年少時，我曾目睹有人身染「纏身蛇」，帶狀斑點幾乎快要纏繞身子一圈，患者很害怕即將死亡，不停地哭泣，求助於民俗療法師，但見法師先點燃一張金泊，象徵性在患者身上前後、左右舞動，聊表驅魔淨身，然後，再點燃三柱清香，口中唸唸有詞之後，用手指併攏連續輕拍患者手肘關節內側，不一會兒的工夫，手肘內關節處即慢慢浮現二個黑點，據說那就是蛇的眼睛，法師迅速以事前點燃的柱香，分別朝那二個黑點燙下去。據說，蛇的眼睛被燙瞎，等於宣告「除魔斬蛇」成功，不會繼續纏繞患者，就沒有死亡的危險。果然，幾天之後，患者身上的帶狀疱疹，慢慢乾涸消失，不藥而癒。

此外，民間相傳「出天花」，要用棉被封蓋，把汗逼出來，不能吹風、見日。其他的民俗療法：有刀療與蜂針、有氣功推拿、有刮砂、拔罐等等，不勝枚舉。

其實，由於教育不普及，居民知識貧乏，遇有身體病痛，沒有醫生診治，在採擷草藥或服用成藥自療無效之後，通常會認為是觸犯神靈、或祖先缺盤纏在「點醒」。因此，有人住的聚落都建有廟宇，供奉神醫「保生大帝大道公」或救苦救難的「天上聖母媽祖」，居民身體有恙，就到廟裡求王爺、拜菩薩，請王爺起乩通靈開示；若屬祖先缺盤纏，祭祀時記得多燒些金泊銀紙；若是觸犯孤魂野鬼，則開立符令驅除病魔，或祈求香灰化水飲用，以消災解厄。甚而，很多人靠抽籤、卜卦，以預知未來命運好壞，病能不能痊癒？有沒有大命？

國軍退守金門之後，各村落附近部隊的野戰醫院或衛生排，就是居民的診療所，村民遇有病痛，就近找醫官看診療傷止痛，且來者不拒，也不收任何費用。同時，台灣方面物質源源不斷進口，地方上一些商店，也開始販有「檸檬精」和「五分珠」，在村民眼中，那是萬靈仙丹，可以治百病，無論是頭暈、頭痛或肚子痛，都可買一包服用，甚至，很多人咸認服用可「有病治病，無病強身」。

趙善燦最初在金門服務期間，每日利用空餘的時間，在土洞中微弱的電池小燈珠下苦讀，後來終於考入國防醫學院深造，是政府遷台之後，接受「國防醫學院」完整基礎醫學教育養成的醫生，並從實習醫師、住院醫師到總醫師等階段專科醫師進階養成，無論是醫術、醫德皆在水準之上。

因此，無論是在昔果山的土洞、夏興的碉堡或暫借湖下民房行醫，對附近村落的居民是一大福音，能醫治處理的，就地解決，不能醫治的協助轉往尚義「五三醫院」，難怪趙醫師無論走到哪裡，均受到軍民的愛戴和歡迎，不在話下。

戰時的金門，國軍部隊是實施輪調移防，通常是金、馬、澎等前線離島駐防二年，然後調回台灣本島養精蓄銳。二年之後，再調至離島前線，週而後始。民國五十五年五月，趙善燦所屬的部隊，再度調返金門戰地，先在料羅的「八四三後送醫院」擔任外科總醫師，不久之後，奉調至「金門衛生院」附屬醫院擔任主任醫師。

雖然，「金門衛生院」直屬金門縣政府，但由於金門實施「戰地政務實驗」，面對虎視眈眈隨時準備進犯的敵人，島上居民無分男女，全民皆兵，統統納入民防自衛隊組訓，在金防部司令官集黨政軍一元化領導下，許多縣政府單位主官、管，都是由金防部指派軍官擔任或兼任。金門衛生院自是不能例外，院長由金防部指派軍醫上校兼任，醫生也幾乎是由軍醫派任或兼任。

金門縣衛生院位於山外溪畔，是一幢水泥磚砌成的平房，院舍分前後及左側共四幢所組成，前幢設有急診室、藥房、內、外、婦科門診室，檢驗室及X光室等，後幢為二層樓，為病房和產房，中庭建有防空洞，作為炮擊避難所。雖然，金門縣衛生院算是島上設備最好的醫院，但仍非常簡陋，諸如：開刀房裡沒有冷氣空調，在炎熱的夏天，穿著密不透風的手術衣，進行長時間的外科手術，常常汗滴如雨下，得靠護理人員不停地幫忙擦拭額頭直冒的汗珠。

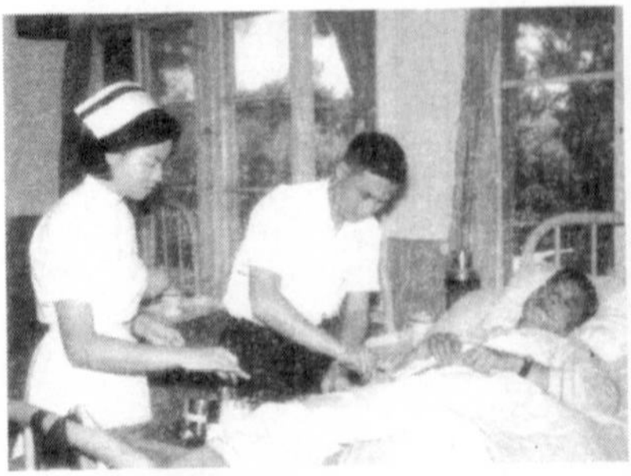

左：趙善燦於金門衛生院為民眾診療。（照片由趙善燦提供）
右：民國五十五年趙善燦奉派擔任金門衛生院主任醫師。（照片由趙善燦提供）

早期，台灣地區醫生沒有分科制度，在醫學系裡每一科都要學，其中有任何一科不通過，就畢不了業，所以，在診間裡的醫生，每一科都要會看，特別是在戰地金門醫生名額少，且共軍砲彈隨時臨空爆炸，面對隨時送進醫院的傷患，醫生必需具備「十項全能」的工夫，也因此，趙善燦在金門衛生院做過外科、骨科、婦產科、內科主任、小兒科、皮膚科等，幾乎成了全科醫師了。（後來，台灣地區專科醫師分科法令實施後，通過鑑測成為小兒科專科醫師）。

值得一提的是，趙善燦奉調金門衛生院擔任主任醫師，屬於軍職外調人員，係義務支援服務，薪水仍然只限於軍中上尉階級區區幾百元（當時，金門縣政府科員月薪六百六十元），而趙善燦每天負責各科門診、急診、接生、外科開刀，出診、住院醫療、體格檢查等工作，每月僅領取主任「主管加給」新臺幣一百一十元，卻仍熱誠不減，將所學的悉數奉獻給金門這塊土地，與戰火下苦難的鄉親。

民國七十年，趙善燦再奉派回金門，接掌「花崗石醫院」院長。花崗石醫院位於太武山脈南端，其前身為陸軍第三十三醫院，民國三十九年隨國軍自舟山群島撤退來金門，通稱為「五三醫院」，駐紮在成功村「陳景蘭大樓」，適逢「古寧頭大戰」，擔負起傷兵救護的任務。

民國四十四年為因應業務擴展需要，「五三醫院」移往尚義村郊，更名為「尚義醫院」與「陸軍第八三〇醫院」。由於「八二三砲戰」期間，尚義軍醫院也常常中彈，因此，為因應戰時需要實施地下化，於民國六十七年擇定太武山南麓花崗巨岩下，動員兩萬餘名官兵，歷經兩年的奮鬥，克服種種困難，終於開鑿完成全世界唯一的「地下坑道醫院」，工程非常浩大，可容納千人的病床，配置現代化的醫療裝備，於民國六十九年九月竣工正式啟用，由總統　經國先生親自命名為「花崗石醫院」，並親撰『花崗石醫院落成誌』。

「花崗石醫院」最大的特色，是全院建築於花崗石岩層內，由三條橫向坑道及九條直向坑道縱橫連貫，醫院內四通八達，坑道全長一千八百公尺，總面積八千八百平方公尺。院內共分行政區、病房區、醫療區、動力區、生活區等五區，配置有中央空調、緊急戰備、消防、發電、濾毒通風機、緊急通信等系統，醫療設施及生活機能非常完善，為金門軍民提供善醫療服務。

趙善燦上校接任「花崗石醫院」院長，期間，執行過多次重大醫療任務，如「六六空難」、「后盤山軍中暴行」等重大事件傷患搶救。此外，籌建重症加護中心及洗腎病房，讓戰地重症與腎臟病患有更妥善的照顧，同時為搶救生命，指揮所屬經營腦部和胸腔大手術而轟動了全國。由於特殊表現與優良事績，當選為「國軍英雄莒光楷模」，接受全國各界隆重表揚。

任期屆滿奉調返台前，由於任內及先前對金門醫療貢獻良多，於七十二年十二月十八日獲金門縣長張人俊頒贈「金門榮譽公民」與「金門榮譽國民身分證」。返台後，又先後接任

「陸軍八二九醫院」、「國軍八一七醫院」與「陸軍衛生勤務學校校長」，更由於學、經歷完整，功績卓著，於民國七十七年十二月廿五日獲拔擢晉升為將軍。

民國七十九年，趙院長屆齡榮退，正式結束軍醫生涯。但仍退而不休，又先後接任「竹東榮民醫院」院長、和「埔里榮民醫院」院長，雖然，身在「白色巨塔」之中，醫務及公務繁忙，但仍念念不忘當年從大陸出來，一起在「高雄要塞司令部幹部訓練班」的伙伴，經常帶妻兒探望我姐夫一家人，因為這層關係，我認識「白袍將軍」。特別是他擔任「金門花崗石醫院」院長之時，還專程參加我的婚禮，致贈一個大紅包。更因多次與他面談，獲得許多寶貴意見，並在他的鼓勵下，到目前而止，已讓我們家多人先後就讀醫學系、藥學系和護理系，投身醫藥工作行列。由此可看出「白袍將軍」與金門，以及我們家，都有深厚的情誼。

因為，趙將軍自幼喜愛中國傳統書畫藝術，曾師承張大千大師之再傳弟子陶壽伯和孫雲生教授，學習潑墨山水、

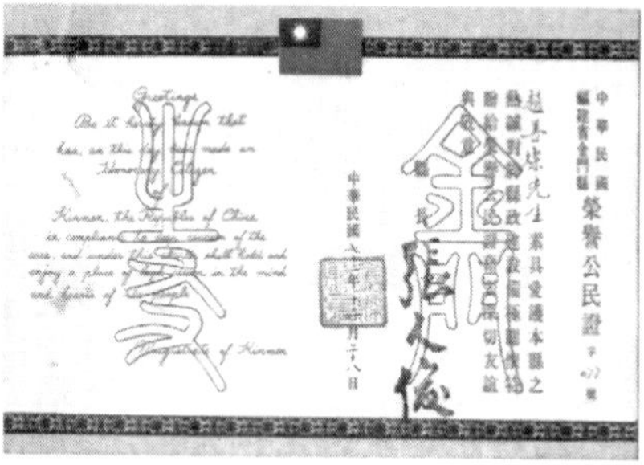

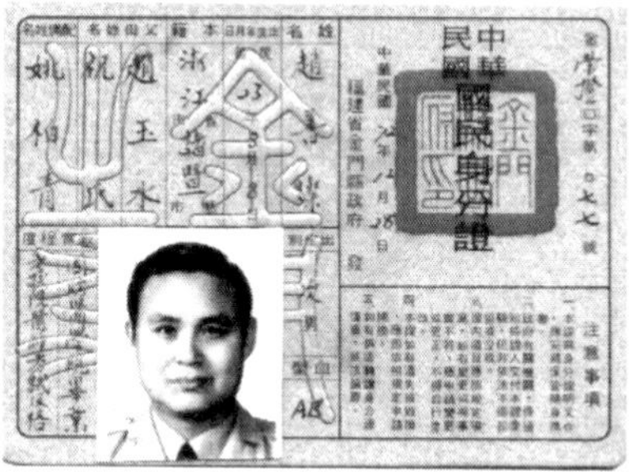

左：趙善燦在金門行醫貢獻卓著，獲金門縣政府頒贈榮譽公民證。（照片由趙善燦提供）。
右：趙善燦獲金門縣政府頒贈榮譽國民身分證證。（照片由趙善燦提供）。

松、竹、梅、荷及書法藝術，擅長潑墨潑彩山水畫及各體書法藝術，作品常在海內、外各大美術館展出，深受國際人士所喜愛，早就是國際知名書畫家。並曾先後參加過韓國、日本、美國、德國、匈牙利、香港、澳門等國家與地區的文化交流活動，為中華藝術文化走向世界，貢獻良多。

尤其，現為「中華國際暨兩岸文化藝術交流協會」理事長的趙將軍，自退除軍職之後，與長期從事美術教育，擅精於金石篆刻的夫人姚柏青女士，經常一起應邀在大陸各城市舉辦書畫巡迴個展，以及舉辦藝術文化交流講座，為弘揚中華民族文化，繼長期在「白色巨塔」裡的臨床醫學及醫學教育事業成就之外，更「用書畫文化走遍大陸大江南北，以文化深入台灣各角落」，再開創個人藝術領域的巔峰。

民國一百年十二月，趙將軍隨「中華粥會」一行十九人，到金門舉辦「將軍書畫展」，並特別送我一幅「龍騰虎躍」的墨寶。同時，在拜會省府和縣政府之後，趙將軍對金門擁有濃郁深情，希望重回以前服務過的地方看看，我開車載他重回「花崗石醫院」與「署立金門醫院」（金門衛生院），以及曾經駐札的營區與島上風景名勝舊地重遊，因為，他對金門瞭若指掌，在參訪馬山路過官澳村及新市街，一路上，談及許多戰火下行醫的故事。茲擇錄二則：

故事之一：

在「金門衛生院」擔任主任醫師期間，有一個夏日的中午，剛看完上午的診次，進入餐廳準備用午餐，突然，值日官室傳來廣播：「趙主任，服務台有緊急電話！趙主任，服務台有緊急電話！……！」

值得先說清楚的是，那個時候，能打進醫院的電話，非常的不容易，幾乎都是「緊急救命」的電話，因為，戰地金門沒有自動電話，更沒有手機；只有人工轉接的有線電話，在軍方有「西康」為代號的總機，屬於金門防衛司令部；民間則有「裕民」為代號的總機，屬於金門縣政府，各機關只有主官和主要辦公場所拉有專線，安裝一部手搖電話機。而一般家庭有緊急事故，只能到村里公所借用電話，而且，每一通電話，都得經層層轉接，通話品質若非斷斷續續，就是聲音很微弱，講電話常常聲嘶力喊，對方才勉強能聽到話音。

既然是辦公廳值日官室廣播「緊急電話」，必定非同小可，何況，所謂「救人如救火」，儘管已看診一個上午，身體又餓又累，正拿起碗筷準備飽

「白袍將軍」趙善燦贈本文作者「龍騰虎躍」墨寶。

食一餐，但這個當兒「人命關天」，救人是醫生的天職，豈容先填飽轆轆飢腸？

於是，我立即放下碗筷，飛奔似地跑到值日官室，接過電話聽筒，但見：「醫生呀，官澳村有一位婦人孩子生不出來，血流不止，生命非常危險，拜託趕快救命！拜託……」

官澳村，位於馬山旁邊，是「國、共」兩軍相距最近，退潮時只有一千八百公尺。白天，無需用望遠鏡，目視即可看見對岸人影走動；晚上夜深人靜時，兩岸的雞鳴狗叫之聲，彼此皆能清楚聽聞。正因為相距最近，所以，是砲擊落彈最多，也就是最危險的地方。

當然，救人要緊，根本沒有時間考慮到自己的安危，於是，趕緊叫來司機，和助產士帶著急救箱，一起跳上救護車，朝著金東的方向駛去。

早年的金門道路不多，車輛更少，居民出門只能騎乘騾馬。所謂的「救護車」，實際上是一部老舊的汽車改裝，是當年美軍顧問團駐金門的「西方公司」，撤退時留下的車輛，那種車輛的外型，現在從第二次世界大戰的電影片才能看見。換句話說，我們乘坐的是一部老舊的救護車，雖還不到那種「一去二三里，熄火四五次，拋錨六七回，八九十人推」的境地，但常常半路熄火是事實，一路上，我一直擔心救護車半途故障或沒油，內心不停起祈禱，希望上天能幫幫忙，讓我們能順利快快抵達官澳村，能助產婦一臂之力，讓她們母子平安！

剛剛說過，民國五十年前後，金門島上道路不多，汽車更少，居民出門都靠騎乘馬匹。部隊為戰情需要，配備有大卡車、中吉普和吉普車，並逐步開闢道路，但官澳村在海邊，還沒有開闢道路可以通車。我們的救護車一路順利開抵馬山邊坡，一眼即看見山腳下的官澳村，好幾個村民佇立在村口，焦急地向我們招手，等不及車子繞道進去，我與助產士趕緊跳下車，簡直是用「連滾帶爬」的方式衝進村子裡，許多村民雙手合十淚流滿面：「太好了，菩薩保佑，醫生終於來了！有救了！」

當我們衝進四合院的廂房裡，所看到的景象真是慘不忍睹，昏暗的房間裡，但見床前跪著三個子女與產婦的丈夫在哭泣，驚恐無助的產婦，躺在沾滿鮮血的床上痛苦呻吟，胎兒雖已娩出，但仍和胎盤緊緊粘貼在子宮壁上，無法完全娩出，導致大量出血。產婦因失血過多，已呈休克狀態，眼白上翻，心跳微弱，幾乎量不到血壓，不僅母體命危在旦夕，且胎兒將因缺氧而死亡。

看到這個狀況，說時遲、那時快，立刻拿起剪刀將胎兒和母體分離，交給助產士處理，緊接著，全力進行搶救產婦，先維持她微弱的生命跡象，迅速抬上救護車，要求司機全神貫注、小心駕駛加速送回金門衛生院。

回到醫院裡，經過上氧氣和輸血，產婦血壓和心跳漸漸恢復正常，再進一步處理子宮內未完全剝離的胎盤。同時，嬰兒經過妥善處理和照護，也脫離險境，最後，母子均安，一家人歡歡喜喜的回家。

如今，事隔四十餘年，趙將軍重回金門舊地重遊，對於當年的情景，仍記憶猶新：他說，當時肚子真的很餓，如果只顧自己先吃飽飯，再去救人，或者，救護車無法直達，他若不先下車「連滾帶爬」抄捷徑爭取時間，那麼，產婦的心跳早已停止了，可能將以悲劇收場。

所以，當我們在路上遇到救護車，要趕快讓路，讓救護車先行，爭取寶貴的每一分每一秒，就是這個道理。

故事之二：

剛剛到「金門衛生院」服務的那年，在中秋節前夕，有一天晚餐後，我到新市街上走走，順便買一些貢糖，我走進一家特產店，楊姓老闆知道我是衛生院的主任醫師，主動告知他有兩個兒子正在出麻疹。

當時，我勸他：「孩子生病了，要趕快送醫院看診，不要放在家裡，以免發生併發症，會有生命危險。」

然而，楊老闆聽後搖搖頭說：「出疹子沒有關係，金門人的習俗是，當孩童出疹子時，要用棉被包起來，不能到外面吹風，等疹子出來就好了。」

我聽後大為緊張，再次力勸：「不要隨便相信偏方，務必趕快將孩子送醫！再拖延就來不及了。」

就在那天凌晨時分，我已就寢，大夜班護士按急診鈴。我立即起身趕到急診室，原來，就是特產店的楊老闆夫婦，緊張地抱著兩個兒子來求診，大的兩歲，小的才八個月，因發高燒不退，以致呼吸困難。

經過詳細檢查後，兩個孩子均已併發為嚴重肺炎，於是，立即分別上氧氣展開急救。但是，二歲的大孩子病情太嚴重，搶救兩個小時後，仍然回天乏術；再救小的，經過三天三夜不眠不休的努力，病情逐漸好轉，最後終於得救了。

民國七十年我重回金門接任「花崗石醫院」院長，新聞上了報紙版面，楊老闆夫婦知道這項消息，立即帶著當年被救活，已經上中學的孩子，到「福天洞地」的花崗石醫院來看我，特別要來見「救命恩人」，當面感謝，一家人感激之情，溢於言表！

當然，趙善燦從昔果山的土洞、夏興的碉堡、湖下的民房，以及金門衛生院及花崗石醫院，在戰地金門先後長達八年默默行醫，特別是在敵人的砲火下，為金門傷患解除病痛，拯救性命於危難的件數，何止幾千或幾萬？

回首前塵往事，抗戰勝利以前，金門沒有任何醫療設施，居民靠採擷草藥與服用成藥自療，或尋求民俗療法與偏方，甚至是靠求神拜佛，祈符令和喝香灰水以保健康。雖然，金門不幸淪為戰場，許多生靈因戰火而喪命，但相對的，也有多人因國軍進駐，從村落附近的衛生排，和支援衛生院醫師，以及興建花崗石醫院，軍醫們一路照護金門鄉親、造福金門鄉親，開啟金門島上的醫療事業，寫下金門艱辛的醫療史頁，其中，「白袍將軍」趙善燦，就是典型的代表！

戰地白衣天使楊玉芬

再次見到「玉芬姐」，是三十四年後的事了。

玉芬姐於民國六十三年至六十七年間，前來「金門衛生院」擔任護士，在她返回台灣一萬二千多個日子之後，聽聞以前護理室的張姓同仁身體有恙，立即飛回金門前往病房探視，並與昔日的老同事敘舊話家常。

回憶起民國六十四年二月一日，大清早我拎著簡單的盥洗用具，從鄉下老家徒步半個多小時，再從沙美搭車到金門衛生院；剛完成報到就職手續，才進檢驗室準備正式上班之際，突然有人在背後喊著：「你爸爸在急診室！趕快過去看看！」

「天呀！到底發生什麼事，父親一輩子忙於田間農事，無畏風吹、日曬、雨淋，身體壯得像一頭公牛，從來不曾掛病號上醫院，僅有的一次住院，那是「八二三砲戰」期間，身為民防自衛隊員奉命出勤務，前往碼頭搬運搶灘物資；和往常一樣，共軍為全面封鎖金門，每當台灣方面運補船團靠近料羅灣準備搶灘，即發砲轟擊干擾。那天，父親正在搬運建築材料，一枚共軍發射的砲彈落在身邊，同村的王姓隊員當場被炸身首異處，為國壯烈犧牲！而父親僅被破片傷及大腿，住院療傷幸無大礙，出院後照樣能耕田犁地、挑水擔糞，每天縱橫於阡陌之間。而今天，到底發生什麼事，怎麼這麼巧合，我考取醫院的約僱人員第一天報到上班，前腳剛進辦公室，父親也跟著進醫院急診室？為什麼？……」在趕往急診室的途中，我滿腦狐疑不斷地思索著。

匆匆趕到急診室，見到父親之後，才知他在菜園裡噴灑農藥，不慎有中毒的現象，突然嚴重嘔吐，鄰人發現幫忙緊急送醫，經注射解毒針劑之後，安排住院進一步觀察。

安頓好父親住院手續，已是中午時分。因報到就職時，我即向伙食團登記搭全伙。所以，午飯時間直接進員工餐廳，盛好白米飯之後，依排定桌次入席。甫坐定，我環視一起用餐的同仁，發覺同桌的一位白衣天使，正是剛剛在護理室，幫我辦理父親住院手續的護士小姐。因此，我特別向她點頭致意，她卻一臉疑惑：

——你不是病患家屬嗎？

言下之意，她感到大惑不解，為什麼病患家屬，竟跑到醫院員工餐廳用餐，莫非是跑錯地方了？

——對不起，我是今天剛報到的新進人員，很不巧，家父早上突然身體不適來住院！謝謝您剛剛的協助幫忙。

我向她致謝之外，並端詳地多瞄了一眼，但見一張清秀高雅的臉龐，擁有挺直的鼻樑和一雙明亮的大眼睛，微笑起來還露出一對迷人的小酒窩，搭配烏黑披肩的長髮，展露出典雅高貴的氣質，乍看宛若聖女一般；尤其，早上在護理室，她帶我進病房，安排父親住院的病床，跟隨她走在後方，發覺她修長的身材，較諸於我一米七〇的身高，實有過之而無不及，不自覺地打從心底讚嘆：「啊！好一個漂亮的白衣天使！」

「白衣天使」是對護士的美稱，源起於一八五三年歐洲爆發克里米亞戰爭，英國護士「南丁格爾」自動請纓上戰場，常於深夜穿著白衣提燈照顧傷兵，並首創護理學校；當時，照顧病人屬於低賤的工作，而南丁格爾出身貴族，卻自願犧牲奉獻，人們認為她是上帝派遣到人間的天使。記得唸國小時，曾讀過「提燈天使」——南丁格爾的故事，「白衣天使」純潔、善良、富有愛心的印象，早已銘刻腦海深處。

話說「金門衛生院」，位於金湖鎮的山外溪畔，民國三十四年抗戰勝利後成立於金城模範街；民國四十五年遷至現址，當年的主體結構為一層樓水泥磚砌成的平房，院舍分前、後及左、右兩側，共計四幢建築組合而成，前幢設有急診室、藥房、內、外、婦科門診室，檢驗室及X光室與辦公行政區；後幢為病房區。

因為，護士在後幢照護住院病患，且分三班制輪值；而我們屬「血絲蟲病防治小組」，是衛生署經費支助的五年短期工作計劃，暫借於醫院前幢的檢驗室。就業務推展而言，我們與護理室，彼此業務上沒有協力或會辦，況且，我們常常於夜間到各村里採血，與院內的護士雖為同事，但平時照面的機會不多，只有用餐時才能寒暄幾句。

漸漸地，我知道她姓楊，名玉芬。往後，我習慣於稱呼她「玉芬姐」。雖然，她只會講標準的國語，連簡單的閩南話「攏聽嘸」，但常笑容盈臉、和藹可親，人緣非常好，大家樂於親近。本來，我知道她不是「本地姑娘」，直覺和院內醫生一樣，屬於「軍職外調」支援人員。後來，才進一步知道，她不是「阿兵姐」——不具軍職身分，而是來自高雄的平民百姓，和未婚的金門姑娘一樣，是配有槍枝的「民防婦女自衛隊員」。

認真說，在軍管體制下的戰地金門，島上只住著二種人：其一，是土生土長的金門人，其中的及齡男女皆納入自衛隊編組；其二，是枕戈待旦，隨時準備與對岸共軍交戰的國軍駐防部隊。因為，金門對外大門緊緊關閉，一般閒雜人不得自由出入境，能獲准進入金門大門者，除非是嫁給金門人，才能申請來金居住。而護士楊玉芬，明明是台灣來的，且沒有嫁給金門人，她憑什麼能入境金門？更令人費解的是，她竟然還是民防自衛隊員，莫非是高官的子女，擁有特權？

的確，金門實施「戰地政務」實驗，金門防衛司令部司令官為「政委會」兼主任委員，集黨、政、軍一元化領導，他說的每一句話，就是命令、就是法律，島上軍、民人人遵守，違者可以「就地正法」，或依軍法審判，嚴懲不貸。

雖然，軍管體制下，長官的命令易於貫徹，但相對的，也產生許多「法外開恩」的特權，諸如：我唸金門高中時，班上經常有從台灣轉來的借讀生，都是金防部與各守備區、或政務委員會高級長官的兒子，大抵都屬於「外省掛」的，由於父親戍守前線、戎馬倥傯疏於管教，在台灣普遍功課不好，或經常打架、鬧事，因而被「叫」到戰地金門來借讀，其目的是易於就近嚴加管教，且能與「幫派」隔絕，希望在金門單純的環境中，能好好用功讀書，將來才能報效國家。

但是，那些效法「孟母三遷」來金門借讀的學生，部份「劣根性」很強，依然常常惹事生非，「大過不犯、小過不斷」，高二上學期我們班上有二位借讀生，其中一位於元旦三天假期，和職業科某班的女同學，在大禮堂「白宮」的樓上發生超友誼關係，事件風波搞太大了，紙實在包不住火，最後還是被依校規懲處「開除」。

為什麼金門要嚴格管制人員出入境呢？理由很簡單，因為，金門與大陸近在咫尺，為防止敵人派遣匪諜或破壞分子滲透，特別是台、金之間沒有船班航次，更沒有航空班機，旅客往返交通不便，且金門島上沒有旅館，旅客來了住哪裡？總不能放任四處流竄，萬一去刺探軍情出事，誰敢負責？

更重要的是，金門是戰地，共軍砲彈滿天飛，不幸遇到了，非死即傷，基於「安全第一、保密為先」的大原則下，金門籍居民往來台灣，都要申請「出入境證」，需經層層審查才能核下；至於非金門籍人員，不得隨意出入境，其嚴格程度，幾乎到了不合情、不合理的地步。比方說，駐軍官兵有人不幸傷亡，包括其父母親人，都不能前來戰地見最後一面。

因此，一般人想要進入金門，簡直比登天還難，而楊玉芬憑什麼入境金門，莫非她有特權？為什麼要到危險的戰地，莫非她是傻瓜？這兩個疑惑，一直縈繞在我的心底。

大家都知道，金門是戰地很危險，因此，許多疏散到台灣的金門人，特別是完成大學或取得專門職業技術的鄉親，幾乎都留在台灣求發展，沒有人願冒著生命危險回故鄉。畢竟，自古以來，「危邦不入、亂邦不居」，面對危險選擇逃避，這是人性的本能。

回顧金門的歷史，民國二十六年十月廿六日，日軍數千人兵分三路登陸金門，經金門城、古崗與泗湖村，依例以軍刀殺人見血「祭旗」，消息很快傳遍全島，居民驚恐被殺害，紛紛搭船逃往對岸的大嶝與廈門，或再搭船轉往南洋，掀起一股不小的「走日本」逃亡潮；民國四十七年，金門爆發「八二三砲戰」，短短四十四天砲戰當中，金門島一百五十平方公里的土地，落彈四十七萬餘發，居民生命財產遭受嚴重損害，政府為居民安全考量，每人補助三千元鼓勵疏散台灣，許多人扶老攜幼湧向碼頭，包括金門高中全校師生九百二十一人，疏散分配至各省立中學借讀，又掀起另一波居民逃難潮。

事實上，一般人都怕危險、更怕死亡。金門人逃都來不及，而一個長得那麼標緻，又有護理專業證照，所具備的條件，是多少未婚仕紳擇偶「夢寐以求」的對象，為什麼沒有留在安樂的後方尋找「金龜婿」，竟甘願隻身前來戰地照護病患？

在一次偶然的機會，得知玉芬姐來自高雄左營眷村，祖籍山東煙台，在台灣出生的「外省第二代」，護專畢業後，自覺是學護理的，就應把所學貢獻給最需要的地方，因此，她寫信給金門縣長，表明願把所學的護理專業，奉獻給戰地的傷病官兵。

自動請纓上前線的信於六月二十四日寄出，二十天後的七月十五日，收到金門縣政府以簡便行文表函覆：「一、台端護專畢業，有意前來戰地尚義野戰醫院服務三軍將士，壯志可嘉，但該院現無女性或僱員之編制，故無法安置。二、金門衛生院病房現已擴建完成，床位倍增，醫護人員編制將予擴大，將代為登記，如有意來金，請適時與衛生院聯繫。」

收到金門縣政府的簡便行文回函，楊玉芬再一次提筆，直接寫信給金門衛生院，誠懇地表明：「金門確是我嚮往已久的工作地點，雖然，我沒有如南丁格爾一般的偉大，但我護專畢業，雖只是一盞微弱的燭光，但我願效法其精神到戰地前線，將所學奉獻給前線為國效命的傷患，這是我當初進入護專許下的願望，請賜給我這個機會，如果衛生院有困難，請代為推荐給其他野戰醫院，讓我能為國家盡一份棉薄之力，不勝感激！」

第二封信寄出去之後，很快地，「金門衛生院」院長具名回了一封信：「玉芬小姐：您熱忱為戰地服務，壯志可嘉，惜本院現無缺安置，非常抱歉，待修正編制核定，有缺當優先安排，敬請諒之，並請　學安　趙金城　啟」

收到這封回信，她認為「待修正編制核定」，不知要等到何年何月，很明顯是搪塞之詞，等同於善意的拒絕。連續碰到二根軟釘子，若是一般人，早已心灰意冷宣佈放棄，可是，楊玉芬不死心，她再接再厲，又提筆寫了第三封信，直接寫給金門縣縣長，表明既然沒有缺，她可以不佔缺、不領薪水，自願到戰地前線為傷患當護理義工，希望能給予機會。」

金門縣政府收到信後，縣長羅漢文深受感動，指示人事室與楊玉芬聯繫，經過書信往返，在取得相關學歷證件與護理證照後，交由相關單位會辦，並由縣長具名回信：「楊玉芬小姐：祝好！來函及學歷證件均收到，並已交相關單位辦理中，惟在作業上，必須會辦數個單位，故時間上要稍延長一些日子，人事命令發布後，將逕寄貴府，請安心等待。順祝　如意　羅漢文　啟」

原來，所謂的「交由相關單位會辦，時間上要稍延長」，是交給安全考核單位，暗中對楊玉芬身家進行調查，畢竟，金門處於交戰地區，為嚴防敵人滲透潛伏，做好人身安全查核，確實有其必要。因為，玉芬姐自願要到金門前線工作，是她個人的意願，且私下偷偷在進行，並未事先告知其父母，然在被身家調查與等待金門縣政府發布人事命令期間，他的父親也在左營海軍總醫院幫她找工作，可是，玉芬姐明白告訴父親，她是學護理的，應將所學奉獻給最需要的前線將士，何況，她已在誓詞上簽字，不能反悔。

四個多月之後，金門縣政府會請相關單位完成對「楊玉芬」的身家調查，證實安全無顧處，終於，特准許她前來金門服務，「金門衛生院」以公文通知：「玉芬小姐：隨函附寄金門縣政府六十三年十二月十七日（六十三）礱人字第一六六九六號核定任職行文表一份，並於十六日生效，請速向高雄或台北外島服務處聯絡來金報到。」

因此，楊玉芬經向「高雄外島服務處」取得聯繫，登記好船位，背著簡單的行李搭上開往金門的登陸艇，經過近三十個小時的海上顛簸，幾乎把膽汁都吐光了，一路迢遙來到陌生的戰地前線，在金門衛生院擔任護士，初步實踐效法「南丁格爾」上戰場照護傷患的心願

什麼是「南丁格爾」精神呢？話說十八世紀中葉，英國有一名出生貴族家庭的女孩，叫南丁格爾。她的父親是英國的富豪，在歐洲擁有多處高級住宅，一家人經常隨著季節轉換，選擇最舒適的地方居住，南丁格爾就是在這種情況下出生於義大利。並讓她接受高等教育，使她通曉英、意、德、法四國語言，期望日後成為上流社會的貴婦。

但是，南丁格爾年輕時閱讀大量護理書籍，並加以翻譯，希望對人們有所幫助，而且，自己立志從事護理工作。由於在那個時代，護士社會地位卑微，只有貧苦婦女為謀生，才肯從事的工作，尤其，當戰爭爆發時，

楊玉芬於金門衛生院前留影。

需奉命隨軍上戰場搶救傷兵，不但辛苦且非常危險，一般人避之唯恐不及。

因此，當南丁格爾宣佈學習護理，父母極為震驚、憤怒和悲痛、但她不顧家人的反對，毅然放下安逸的生活，前往德國接受護理訓練。甚至，一八五三年歐洲爆發克里米亞戰爭，她再次不顧家人強烈反對，自告奮勇請纓上戰場照顧傷患。在當時，護士沒有夜晚執勤的習慣，但南丁格爾為給傷患更多照護，常常深夜提著燈巡查病房，為他們蓋好棉被，就像對待自己的親人一般，由於她悉心照護，傷患死亡率由百分之四十二降至百分之二，讓許多頻臨死亡的傷兵，獲得重生。

戰爭結束之後，南丁格爾開辦了世界上第一所護士學校，總計培訓一千多位護理人員，卓越貢獻獲英皇頒授功績勳章，成為英國史上首位接受這項殊榮的婦女。因此，世人為紀念她「犧牲奉獻、追求新知、博愛濟世；堅守原則、平凡樸實」的精神，將每年五月十二日她的生日，訂為「國際護士節」，以激勵承先啟後，發揚護理事業。

蔣總統　經國先生任行政院長時，視察小金門「烈嶼醫院」，慰勉護士楊玉芬小姐。

受到南丁格爾精神的激勵，楊玉芬同樣沒有考慮自身的安危，也不顧家人的反對，隻身

上前線來到戰地金門擔任護士，她敬業樂群，貼心地照顧病患，由於住在醫院的宿舍，無分日夜或年節、假日，常常主動放棄休假，主動照護病患，特別是和藹可親的態度，照護病患像對待自己的家人，因而獲得同仁與病患一致的好評，曾獲荐選為模範護士，並應聘為「金門自衛隊員救護護理訓練班」講師，為學員傳授護理專業知識。此外，也曾奉派到島外島的小金門「烈嶼醫院」服務，很幸運，時任行政院長的經國先生，曾蒞臨烈嶼視察，榮獲當面握手致意嘉勉。

楊玉芬在金門衛生院優異的表現，尤其，她是自願前來戰地服務的護士，聲名遠播，金門日報在民國六十七年一月三十一日以「燃燒自己、照亮別人」為題作專訪，報導她為效法護士鼻祖南丁格爾的精神，放棄在台優渥高酬待遇，毅然自願前來戰地照護傷患，金門縣長感動之餘，特准前來金門服務，於衛生院擔任護士期間，「以溫馨和病患同享、把愛心奉獻給傷患」，兢兢業業堅守崗位，親切而熱忱地照護病患，總是以歡顏笑臉迎人，使病患忘卻痛苦、使家屬減少憂慼，甚獲病患讚揚；而且，與同仁相處，有如家人一般親切，因此，同仁都很喜歡親近，也獲得長官器重。

再者，特別值得一提的是，金門無分男女全民皆兵，男子年滿十八歲至五十五歲、女子年滿十六歲至三十五歲（結婚除外），統統納入民防組訓編組，平時除了接受例行的戰鬥訓練，每逢國慶大典，金門自衛隊都會遴選隊員參加閱兵盛典。玉芬姐雖非金門籍，但在縣屬單位工作，被納入自衛隊醫療救護大隊，且屬未婚及齡女性，更因她身高超過一米七，自然是被遴選為閱兵代表的主要對象。

果然，民國六十六年十月十日，全國各界在總府前舉辦「慶祝雙十國慶大會暨自強大遊行」活動，金門女自衛隊參與盛會，玉芬姐雀屏中選，先集中於金門的「第三士官學校」，接受一個月的嚴格訓練，包括個人肩槍行進與隊伍齊步。然後，隊伍搭船開拔到高雄，轉搭十幾個小時的平快火車到台北，進駐「師大附中」進行隊伍整合，展開第二階段的訓練，期間隊員經過幾個階段的淘汰，她不但沒有被刷掉，還因身高、體形及基本動作都是「一級棒」，很榮幸被安排在隊伍最亮相的「排面班」，十月十日國慶日當天，代表金門自衛隊在總統府前，昂首快步向大閱官致敬，在國人面前展現金門自衛隊訓練有素

慶祝六十六年國慶金門女自衛隊在總統府前向大閱官致敬英姿，前排左二即為楊玉芬。

的英姿。

當然，金門籍的女自衛隊參加國慶閱兵，委實不值得大驚小怪，然而，一個非金門人，卻能來戰地，還能穿著迷彩服代表參加國慶大典，類似的情形應是絕無僅有，在金門的歷史上，應是「前無古人、後無來者」！

玉芬姐嚮往金門，來金門服務四年多，她喜歡金門、熱愛金門。離開三十四年後重回金門探視生病的伙伴，並與十幾位久別重逢的老同事聚會，大家一見如故，嘻嘻哈哈閒話家常，快樂地回味戰火下的往事。席間，玉芬姐回憶偷偷寫了三封信給金門縣長，終於如願前來金門當護士，來到金門之後，父親還打電報：

——傻孩子，金門很危險，快回來，我在左營海軍總醫院，已經幫你找好護士工作。

她立即回了電報：

——爸爸！來金門是我自願的，既然來了，無論再怎麼辛苦，我都願意留下。

此外，玉芬姐還強調：

——其實，金門很好，我一直很喜歡金門，當年不顧家人反對前來金門，是實現了來戰地當護士的願望，但最大的遺憾是……

有人接著問：

——是什麼？沒有嫁給金門人？

——對呀，當時，大家都很年輕，但你們一個個都「恬恬」──（默默），我怎麼好意思開口請你們來追我，女孩子嘛！總要保持應有的矜持！

離開金門三十四年後，楊玉芬與昔日金門衛生院伙伴相見歡。

——玉芬姐，你講錯了，不是我們不想追，而是你長得太漂亮了，不敢追！

也有人說：

——是呀！誰叫妳要長那麼高，當時醫院裡二十幾位年輕小伙子，只有二人可以相提並論。

——身高不是問題！……

——哇！這句話，如果早在三十年前講，那就好了。

——哈哈！

聚會，在歡笑聲中結束，雖然時光很短暫，但一起回到從前，倍感溫馨！

菜園二三事

■種菜

金門是孤懸於閩南沿海的小島，肇因於元代設鹽場，大肆砍樹作為煎鹽的燃料、明末鄭成功伐木造艦攻打台灣，以及清廷惱怒於金門是「反清復明」的根據地，清兵登島之後多次放火燒山，以致淪為童山濯濯的荒涼海島，秋冬季節東北季風狂飆，到處黃沙滾滾，不利農耕與畜牧，居民生活困苦，成年男丁被迫相繼挽著包袱「落番」，到南洋群島一帶謀生，留在家鄉的老弱婦孺，靠僑匯和種蕃薯過生活。

民國三十八年「國、共」內戰加遽，國軍節節敗退，十數萬殘餘部隊退守金門，官兵最迫切解決的，就是每天都得面對的「吃飯」問題。以當年時空環境而言，金門孤懸海中，三面被大陸包圍，最近的距離只有二千三百公尺，島上的軍需與生活物質，悉由台灣方面運補，而每一次運補船啟動，在台灣海峽需面對共軍魚雷快艇突擊，靠近金門準備登陸搶灘時，又得遭受共軍火砲轟炸。因此，對戍守金門島上官兵的補給困難重重，運補船需在空軍

優勢戰鬥機群與海軍驅逐艦隊護航下，才能突破重圍搶灘料羅灣。

事實上，即便運補船順利突破重圍搶灘登陸金門，出岸勤搬運物資的官兵與民防自衛隊員，亦常遭共軍火砲轟擊，死傷不計其數，換言之，能順利運抵金門的每一分物資，都是無數無名英雄用鮮血與生命換來的，彌足珍貴！然而，在主食大米和麵粉方面，大抵不虞匱乏；而副食方面的豬肉、魚肉等，亦由台灣加工製成罐頭供應無缺；唯有蔬菜易腐爛，受制於台灣海峽阻隔與海象不確定因素，無法天天有船班由台灣方面補給，只得靠金門本島栽種供應。

所謂「物以稀為貴」！十數萬國軍部隊剛撤退到金門之時，島上幾乎沒有大規模種植蔬菜，也沒有菜市場，了不起只是農家在菜圃少量種植，供自給自足而已；而部隊撤退時，除了帶武器裝備，也少不了黃金和白銀——「袁大頭」銀圓。

據地方上耆老們回憶說：國民政府於民國三十七年八月發行的「金圓券」，強迫民間以黃金、外幣兌換，但由於沒有嚴守發行限額，大量印製鈔票的結果，造成「惡性通貨膨脹」，全國經濟陷入大混亂，僅通行半年餘即貶值二萬倍，一麻袋面額數十億的「金圓券」，也買不到一顆雞蛋。因此，撤退入駐金門的部隊，均使用「袁大頭」當成交易的貨幣。

當然，撤守金門的十數萬國軍部隊，單位繁多、成員複雜，素質參差不齊，處於兵荒馬亂、生命朝不保夕之際，有些部隊較有紀律，也比較有銀兩，諸如「二〇一師」的青年軍向民間徵求物品，均能以銀圓交易；少部份被打散的雜牌軍，可能餉庫空空，和烏合之眾的強盜沒有什麼兩樣，見民間飼養的牛、羊與豬隻，強行捉去宰殺，居民敢怒而不敢言。

然而，所有的駐防部隊三餐都要開伙，官兵亟需青菜，在奇貨可居的情況下，一枚「袁大頭」常買不到一斤青菜。由於部隊需求蔬菜孔殷，把居民原本作為養豬的蕃薯葉、茄茉等等，也統統搜購一空。甚至，部份採買搶購不到青菜回去交差，看到農家種有蘿蔔，還只是長在地面上的幼苗嫩葉，等不及讓它根莖結成塊狀，丟下銀圓強行把蘿蔔苗給拔走了。

漸漸地，金門島上的居民，發現青菜很搶手、很值錢，部隊需求量龐大，許多農家紛紛投入蔬菜的種植行列，同時，也有人在海灘採蚵或挖掘貝類，賣給阿兵哥當副食。於是，城鎮市街興起菜市場，每天清晨四點半，島上解除「宵禁」管制之後，農民挑著菜擔、鮮蚵等產品，從四面八方趕集，部隊則開著大卡車進場選購，駐防官兵的需求消費，活絡島上經濟，有助改善農民生活。

我們家世代務農，原本可供耕作的地不多，適合種蔬菜的田更少。恰巧，鄰居族人遠赴南洋求發展，部份田地委託我們代管，其中，有幾畦旁邊有水塘，或可鑿井取水澆灌，於是，我們家也開始試著種植蔬菜。

金門屬於亞熱帶季風型氣侯，適合栽種的蔬菜有：菠菜、青江菜、油菜、黃金白菜、大白菜、空心菜、高麗菜、花椰菜、大蒜、韭菜、青蔥、芹菜、青椒、辣椒，黃瓜、冬瓜等

等，農民只要辛勤耕耘、適時播種，並努力澆灌，大抵都能有收穫供應市場，解決部隊有錢買不到青菜的窘況。

由於投身種菜行列的農戶愈來愈多，大致上已能滿足市場需求，唯在適宜種植的季節裡，大家一窩蜂似的爭相播種，缺乏事前規劃或盛產期市場調節，以致採收的季節，來自各村落的青菜一擔擔湧進市場，叫賣聲此起彼落，降價求售互不相讓，常常一塊錢三斤也乏人問津，數個月澆灌的辛勞付諸流水，連吃油條或喝一碗土仁湯的收入也沒有，無奈地把整擔菜挑回家餵豬，農民血本無歸，徒呼負負！

農耕生活本來就很辛苦，在乾旱的金門種菜尤為困難，因為，金門是海島，地形崎嶇，年雨量稀少，即使久旱逢甘霖或颱風帶來豐沛雨量，可惜絕大多數的雨水都奔流入海，缺少湖庫儲存調節灌溉。因此，一般農戶澆菜普遍靠從井底打水，以肩挑水桶噴灑澆灌。特別是夏季晝長夜短，白天氣溫高、蒸發強，菜苗若不上、下午各澆灌一次，在炎陽曝曬必定枯萎。

其次，種菜不只需要天天澆水，也要常常施肥。所謂的施肥，在金門農家來說，就是挑糞便，那是一項臭氣熏天的工作；因為，農作肥料的主要來源，是家畜、家禽排放的糞便。基本上，農戶家家都飼養豬隻和耕牛，並備有糞坑，平常將豬屎、豬尿和牛糞等倒進糞坑裡混合發酵，只要平時多費些力氣和工夫，有機水肥來源大抵不虞匱乏，且不必花錢購買，經濟實惠。但水肥調製、挑運與田間施作，不但臭氣沖天，且骯髒無比，人見人怕，所以，家裡有孩子不喜歡唸書，家長常會責罵恐嚇：「不好好讀書，回家種田挑肥！」

當然，人類智慧高度發揮，研發硫酸銨、尿素等化合肥料，不但可做為基肥或追肥，且施作簡便衛生、肥效迅速，唯需花錢到農會購買，價格不便宜，每多撒下一把，就得增加成本支出，非不得已，菜農都捨不得使用。

也許，耕稼人家的村夫村婦，普遍是早年失學的族群，金門的農民尤其不幸，童年幾乎都生長在日軍佔據鐵蹄之下，沒有讀書求學的機會，十之八九是文盲。幸好，種菜入行之前，不須具備專業知識或證照。然而，種菜看似簡單，實際上卻是技巧與經驗的累積。比方說，蔬菜需要天天澆水，但菜畦需先做好排水措施，否則，若逢豪大雨或積水不退，菜苗禁不起浸泡，必死無疑。

同樣的，施肥份量，不宜過多，也不能太少，要俟機而為，且份量要恰到好處。尤其，蔬菜若只施牲畜糞便的有機水肥，土質容易酸化，並不能讓菜苗長得快又好，必須佐以尿素、硫酸銨等人造氮肥，才能枝榮葉茂、瓜瓞綿延，早早採收送進市場販售。所以，種菜雖不須具備專業園藝栽培知識，但要有豐富的經驗，才能有收穫，賣得好價錢！

其實，更令菜農頭痛的是，菜圃的土地濕潤肥沃，很容易生長各種雜草，若不及時拔除，除了分食肥水，更因雜草生長快速，一個不留神即把菜苗掩蔽。因此，種菜常常是一家老少分工合作，成年人負責挑水澆灌，孩童則幫忙拔除雜草，大家流血流汗，費盡千辛萬

苦，才能有一擔青菜可挑到市場販售。

再者，菜苗生長期間，除非是架設網室栽培，否則，昆蟲類的蝴蝶與蛾為繁衍下一代，都喜歡在葉脈上或嫩芽間產卵，蟲卵一經排放葉脈上，藉陽光照射很快即孵化，幼蟲爬出卵殼即拚命啃噬葉脈，若未事前以農藥噴灑預防、或直接撲殺，將嚴重影響作物生長，尤其，葉菜若有蟲咬過的痕跡，將大大減抑消費者購買的意願。

除此之外，金門臨近大陸，島上原本有兩百多種野鳥，加上一年四季都有候鳥過境，辛苦栽種的葉菜，只要一群巴哥或雁鴨飛臨棲息，必遭蹂躪一空。所以，在金門種菜特別辛苦，除要不斷地澆水施肥，還要面對蟲害與鳥類侵害，辛勞與成本的付出，一分耕耘，並不一定等於將有一分收穫，即使種出漂亮的青菜挑到市場，也不見得賣不出去，種菜人家辛苦情景，由此可以管中窺豹，可見一斑！

■掏井

金門島上沒有天然湖泊大圳，居民普遍開鑿水井供人、畜飲用，並確保田園作物澆灌無虞。我們家自開始種菜以來，即僱工在菜園兩側各開鑿一口水井，用水泥預注井圈，一圈圈疊架起來，井深十餘公尺，勉強滿足菜苗澆灌，成為一家老小維繫生活重要的泉源。

然而，每日不停從井裡取水，泥漿隨泉水滲透入井底，日積月累沉澱的結果，泥層逐漸積高，井裡蓄水的容量相對逐漸減少，因而每年秋、冬時節枯水期，必須清除井底沈積的淤泥，通稱為——掏井。

一般而言，昔日鄉村窮苦的農民耕作，普遍靠人力或獸力，壓根兒談不上機械器具，掏井自是不能例外，完全是由人下井底，一鏟一鏟將淤泥挖起放進桶裡，再以繩索一桶桶吊離井底，算是一項費時、費力的工作。

金門位處閩南沿海，屬於亞熱帶型氣候，雨量集中於春、夏兩季，每逢秋、冬季節即進入乾旱期，地下水位大幅下降，我們家菜園的水井，每天僅剩一半的水量供澆灌，所以，大約在中秋節過後，寒冬來臨之前，都要擇期進行一次掏井，以增加供水量。

由於井底空間狹小，父親身材碩壯，高個兒於井底空間迴旋不易，不方便下井挖掘淤泥，而我可能從小餐餐吃蕃薯，營養不良發育較晚身材矮小，唸高中二年級之前皆坐在前兩排，因此，每次要掏井，皆由我下井挖泥，直到高中畢業外出謀職為止，前後達五、六年之久，因此，我的掏井經驗，可謂非常豐富。

記得每次要掏井之前，父親必先到菜園裡，用轆轤把井水打乾，順便把菜澆好，而母親不再煮地瓜湯，而是把事先儲藏的白米，烹煮一碗米飯，讓我把肚子填飽，免得下井之後肌腸轆轆，沒有力氣掏泥，畢竟，入井掏泥，一口氣至少要工作三、四個小時，不能半途而廢。

認真說，掏井是一件極危險的工作，各地災難時有所聞，特別是井壁由磚頭或石塊堆

砌的老井，假如人在井底掏泥，一個不小心井壁突然垮塌，必將瞬間遭活埋，且搶救困難重重，即便不被磚塊壓死，也會被泉水溺斃，生存機會十分渺茫。

當然，我們家的水井，係由水泥圈疊架而成，井壁較不易塌陷，但人在井底挖泥，若吊桶繩索斷裂，或是桶鉤脫落，盛裝泥漿的鐵桶以重力加速度墮落，在井底工作之人，頭部將遭重擊，後果難以想像。也因此，每次當我要下井之前，母親總是先到觀音菩薩神靈前焚香祈祐，再讓我穿好防水雨衣、戴上膠盔，坐上一個鐵畚箕，雙手腋下套繫安全繩索，在雙重防護下，才緩緩把我放進井中。同樣的，掏完井泥之後，再放下鐵畚箕和套繩，慢慢把我從井中吊起。

回想當年，雙親不識字，沒有其他謀生技能，唯有不斷從井裡打水，一擔又一擔挑著澆菜，靠勞力和汗水養活一家老小，當時下井掏泥，並不覺得害怕，如今回想起來，心頭不禁打了個寒顫。

■土仁湯的滋味

在那兵荒馬亂，烽火漫天的年代，我們家靠種菜過生活。

父母親每天從早到晚忙於菜園裡，而我們兄弟們從學校放學回家，不是吃點心、做功課，或是進才藝補習班，而是趕快到菜園裡幫忙拔菜草，或收割準備出售的青菜。

早年的金門，島上沒有公路，也沒有汽車或摩托車，連人力手推車都付諸闕如，農家普遍靠騾或馬馱運物品，因我們家沒有飼養騾或馬，每次採收較多青菜，父親一人無法獨自挑去市場，則由我們兄弟分挑一小擔，或二人合扛一簍筐送去市場。

其實，每次放學回家，父母要我們到田裡拔菜草，兄弟們總是嘟著嘴一臉不高興，可是，若是幫忙挑菜到市場販售，則興奮雀躍不已。雖然，天未亮即得起床，挑著菜擔摸黑走半個小時的山路，常常喘得上氣不接下氣，但兄弟們都爭著要去，因為，賣完菜後，父親會帶我們到油條店喝一碗土仁湯，那熬得入口即化的土豆仁片，和香醇甘甜的湯汁，喝過口齒留香，讓人回味無窮，勞累全忘！

離開老家出外謀職近四十年來，走過國內、外許多地方，品嚐過各種美食，但當年沙美老街的土仁湯，卻令人念念不忘，偶而回到沙美老街，兒時的情景又出現眼前，市場邊的油條店早已關門歇業，木板門扉腐朽，老店早已人去樓空，但土仁湯的滋味，依然讓人垂涎不已！

賣拭餅的日子

每一次吃拭餅，或路過市場看見拭餅攤商，腦際裡便勾起兒時的回憶，想起那一段賣拭餅的日子。

拭餅，也稱餑餅、薄餅、潤餅或春捲，金門民間俗稱「拭餅」，是閩南地區特有的傳統風味美食，源遠流長，至少已有三、四百年的歷史。

所謂的「拭餅」，是用麵粉糰在平底煎盤擦拭，烘焙出一張張薄如紙的圓形麵皮，用以包裹餡料捲成筒狀，以手掌握著食用。而餡料，分為鹹的和甜的兩種；鹹的以韭菜、竹筍、豌豆、紅蘿蔔、高麗菜等切絲為主，再拌以肉絲、豆干絲、海蚵等，食用時佐以香菜、或蘸抹辣椒、沙茶等醬料，形成色、香、味俱全的美食，足以讓饕客口齒留香，回味無窮；而甜的餡料，通常是以炒熟的花生米碾碎加糖成「土仁麩」，或貢糖酥、麻粩等等，吃起來香Q可口，老少咸宜，讓人百吃不厭，常被當成招待訪客或休閒聊天的茶點。

關於「拭餅」的由來，相傳在明朝萬曆年間，金門山兜蔡氏人家，也就是當今金沙鎮太武山西麓的蔡厝村，誕生了一名獨眼瘸腳、佝僂駝背，先天身體殘障的嬰兒，取名蔡復一，自幼聰明好學，稟賦異於常人，立下「一目觀天斗，孤腳跳龍門，鼇蓋朝天子，麻面滿天星」的宏願。七歲時讀書過目不忘，十八歲鄉試中舉；隔年殿試高中「進士」，在金鑾殿接受皇帝封官賜爵，曾官拜御史總督，獲賜以「尚方寶劍」節制貴州、雲南、湖北、湖南、廣西等五省軍務，征剿西南苗亂，為朝廷立下汗馬功勞，有「撫劍鎮太平，舉筆安天下」的美譽。

俗語有云：「不遭人忌是庸才！」蔡復一滿腹經綸，十九歲「中舉」在朝為官，雖身體殘缺，其貌不揚，然才華譽滿京城，不但寫得一手好字，且能雙手同時握管、運筆自如，於是，奸人嫉妒其賢能，蓄意設陷加害，特在金鑾殿皇帝面前舉薦抄錄重要文書，總計有九大箱，限在四十九天內完成。蔡復一面對聖命不敢違抗，否則，恐招致殺身之禍，株連九族。

為了完成這項艱鉅的聖命，蔡復一廢寢忘食，日以繼夜不停書寫，連三餐吃飯時間都不敢停歇。蔡夫人看在眼裡、急在心裡，怕他餓壞身體，遂以麵糰在熱鍋上擦拭輕抹，做成拭餅麵皮，把飯菜捲成圓筒狀，讓他一手握筆抄錄文書，一手拿著「拭餅」充飢，以便如期完成朝廷交付的使命。

再者，關於蔡復一夫人發明「拭餅」的過程，也有另一種類似的說法：蔡復一「高中進士」之後，授刑部主事，歷任員外郎、兵部郎中，不但文思敏捷，也寫得一手好字，因而為奸人忌嫉設計陷害，於農曆新年來臨前夕，有人向皇上進言，要他為紫禁城內每一宅第大門書寫春聯，皇上不察奸人陰謀聽信讒言，諭令三天之內完成。由於時間緊迫，蔡復一若無法在期限內完成，將有違抗聖旨、欺君大罪，恐將招致殺身之禍或滿門抄斬，因此，得日夜不停趕寫，連肚子餓了也不敢停歇吃飯。

幸好，蔡復一的夫人李氏，賢慧聰穎，眼見丈夫為了趕寫春聯，忙得連吃飯的時間也沒有，於是，用麵粉製成拭餅皮，將多種蔬菜切成絲包裹捲成筒狀，讓夫婿一面以右手揮毫疾書，同時以左手拿著拭餅充填轆轆飢腸，終於在三天內寫好春聯，大功告成如數繳件。

此外，也有情節迥異的版本，相傳蔡復一統兵鎮守貴州、雲南、湖廣五省軍務掃蕩蠻夷之時，奉行「報國恩以忠心，擔國事以實心，持國論以平心」，並服膺「正己不求」四字律己。每天案牘勞形，幾乎廢寢忘食，夫人李氏擔心夫婿餓壞身體，便想出一個辦法，以麵粉製成拭餅皮，包捲飯菜，讓丈夫一手批閱文書，一手拿拭餅填飽肚子。

以上三種傳說，分別在閩南地區流傳，但由於年代久遠，難以考稽其真實性，但無論哪一個版本為真，「拭餅」是由蔡復一的夫人所發明，殆無疑義。

因為，「拭餅」是蔡復一的老婆所發明，在鄉里傳為美談，所以，有人稱之為「婆餅」。因「薄」與「婆」閩南語音相同，並沒有人會多加計較；反而是很多人開始仿效，大家爭相用麵粉製的薄皮包餡食用，於是，「拭餅」漸漸在閩南廈、漳、泉等地流傳，久而久之相沿成習，並逐漸向海外華人世界擴散。

「吃拭餅」在金門島上來說，是一件大事，也是一件忙碌的事，往往要全家總動員，有的洗菜、有的切絲，特別是婦女，婆媳、妯娌，嬸婆、小姑通通一起來，大家通力合作，炒出香噴噴的「拭餅」餡料，祭拜祖先之後，一家人圍聚享用，其樂融融！

事實上，中華兒女是講孝道的民族，最懂得慎終追遠、緬懷先人，特別是閩南人普遍信神拜佛、敬天法祖，因而每逢農曆正月十五元宵日、二月初二作春秋、清明或冬至等節日，都會準備豐盛的食品祭拜祖先，感懷德澤，而「拭餅」就是重要的祭品選項。

根據漳州地區的文獻史冊，清朝時即有「三月三日天氣長，祖祠祭罷共稱觴；豆芽蔥韭兼春筍，好卷新煎麥餅香」的詩句，同樣的，台灣也有「清明習俗本相同，祭祖由來是古風；春餅幾家憑應節，紙鳶偶或幌高空」，由此可見閩、台一水之隔，然地緣近、血緣親、語言同，連風俗習慣也一樣，金門島上居民普遍來自廈、漳、泉，關係至為密切，不言可喻。

記得小時候，我們家有一塊圓型平底煎盤，那是爺爺從南洋帶回來的，也是全村百來戶人家唯一的一塊，每逢祭祖的日子，往往全家總動員，爺爺主導掌爐拭餅，父親負責攪拌麵糰，而我個兒小、嗓門大，分擔跑腿「叫賣」的角色，一家三代人分工合作製「拭餅」，供應村民在節日當天當祭品，甚至，在往後的二、三天內，剩菜還沒吃完前，隨時能買到「拭餅」。

話說昔日金門地瘠民貧，島上到處黃沙滾滾，居民謀生不易，成年男丁大都到「落番」到南洋群島討生活，留在家鄉的老弱婦孺，靠種蕃薯過生活，三餐吃的除了蕃薯，還是蕃薯；若說有什麼不同，那是蕃薯籤、安脯糊、蕃薯塊之別而已！

說實在話，金門島地形崎嶇，年雨量稀少，不適宜種稻，在民國三十八年之前，島上的居民生活苦哈哈，一般人平常日很難看到白米，直到當年十月二十五日「古寧頭大戰」之後，十數萬國軍退守金門，大部份暫借民房遮風避雨，官兵在村莊裡開飯，早餐吃饅頭，中午和晚餐吃白米飯，百姓「近水樓台」雨露均霑，才有機會看到白米。

甚至，村童想吃饅頭，看到軍人會喊著：「阿兵哥，錢多多，透早食饅頭」，阿兵哥聽後心裡一高興，會拿個大饅頭讓村童大快朵頤；相反地，如果阿兵哥不知心領神會，頑皮的村童立即改口：「阿兵哥，真囉嗦，面無洗、烏趖趖！」然後，吐舌頭、扮鬼臉趕緊成鳥獸散，分頭逃之夭夭！

從前，金門農業不發達，人都沒有飯吃，畜牧業也跟著發展不起來，自然很少有吃肉的機會，除非是娶媳婦，習俗上需要殺豬、宰羊「拜天公」，才會想盡辦法養豬，拜完天公之後宴請親友，鄉民才有機會「吃肉」，其餘的，若說有人「三年不知內味」，一點也不為過，唯有逢年過節或祭祀拜拜，才能享受一點不一樣的美食。所以，「拭餅」有肉絲，也是大家垂涎的美味！

根據爺爺的說法，他年輕時，也曾挽著包袱搭舢舨到廈門，再改搭「火船」經過近三個月的海上航行，好不容易才抵達「番邊」，靠出賣勞力賺取微薄的血汗錢寄回「唐山」，因曾看過「平底煎盤」妙用多多，於是，自己儉腸捏肚、省吃節用存了一點錢，返鄉時特買一塊扛回金門，平常捨不得使用，當成寶貝一般的看待，唯有「吃拭餅」的日子，才小心翼翼拿出來亮相！

記得每當「吃拭餅」的日子來臨之前，爺爺便開始準備柴火，將樹幹劈成一小段、一小段的柴片，擺在太陽下曬乾。製作「拭餅」的當天，先架起火爐，再搬出平底煎盤，點燃柴片生火，拿捏好煎盤熱度火候，抓起攪拌好的麵糰，往煎盤中擦拭一張約二十五公分直徑的拭餅，幾秒鐘後，邊緣的麵皮稍微翻捲，立即順勢撕下反面烘烤，約三至五秒鐘之後，一張拭餅大功告成，繼續擦拭第二張，依此類推，周而復始。

由於爺爺累積數十年之經驗，能駕輕就熟拭出大小一致，厚薄如一的拭餅，一斤十六張，就是十六張，鮮少出現一斤十七張或十五張。更重要的是，出爐的拭餅皮，香Q有嚼勁，包捲餡料不易破裂。

其實，拭餅之製作，麵粉調和攪拌技巧至為重要。首先，要選擇高筋麵粉，加入適量的鹽，再加水攪拌，在機器尚未發明之前，是用木棍製成一把「工」字型的攪拌把手，將桶內的麵粉不停地攪拌搓揉，讓麵糰產生麵筋富有彈性，待手掌抓起麵糰，能隨手掌指頭旋轉活動而稍微流動，但不會逸散，即能在煎盤上擦拭煎成如紙般的拭餅。因此，攪拌麵糰最費時、費力，通常得連續攪拌二小時以上，所以，這項費力的工作，自然落在父親或堂兄的身上。

而我呢，年紀雖小，卻是嗓門大，發揮應有的專長，在每一個起爐「拭餅」的清晨，天麻麻亮的當兒，即起床遶著村子裡的每條巷弄，一遍又一遍地大聲叫賣：「賣拭餅ㄟ！」讓村民知悉當天起爐，隨時可以買到「拭餅」。換句話說，我的「叫賣」聲，象徵是昭告村民：「大家趕快準備餡料，今天要吃拭餅啦！」

時光匆匆，回首童年往事，從唸國小一年級開始，每逢吃「拭餅」的日子，祖母會準備一個竹籃，分別放著半斤、一斤的「拭餅」，讓我提著在村中叫賣，一直到唸完國中畢業，總計賣了近十年的「拭餅」。

記得有一次，我提著「拭餅」的竹籃邊走邊叫賣，突然，一隻齜牙咧嘴的土黃狗朝著我狂追猛吠，眼看著就要被追上，我立即蹲下，作出欲撿石頭投擲的姿態，雖然，土黃狗有些退怯，但一犬吠影，百犬吠聲，四方八面同時有狗兒吠叫衝了過來，說時遲、那時快，我趕緊以手中的竹籃抵擋，但冷不防仍被咬到褲管；我用竹籃抵擋狗頭的齜牙咧嘴，「拭餅」應聲散落地上。幸好，狗主人適時出來制止，雖沒有被咬傷，但沾著泥沙的「拭餅」，肯定沒有人會買，我提著空籃一路哭回家，那情那景，至今記憶如新，餘悸猶存。

如今，時代的巨輪不斷前進，金門島隨著各項建設發展，教育普及，民生富裕，各式各樣的平底煎盤、麵糰攪拌機、瓦斯爐不斷推陳出新，隨時可製「拭餅」，街坊天天可吃到各種風味的拭餅，且製作精細，已成為地方傳統風味美食。

「拭餅」確是由金門先賢蔡復一夫人所發明，流傳在廈、漳、泉與一水之隔的金門，更流傳到台灣全島，知名文學家兼幽默大師林語堂先生，祖籍是福建漳州龍溪，其夫人則為廈門人。據說，林大師鍾愛拭餅美食，成為「家宴」餐桌上最重要的菜餚。因此，台北市政府為紀念林大師，並凝聚台北人的情感，已連續五年的清明節前後，在林語堂的故居舉辦「春天潤餅文化節」，把潤餅與漢民族春日人文活動密切結合，讓民眾重新體會春日生活的美好，大力推展的結果，「拭餅美食」已逐漸在各地夜市發揚光大。

只是，根據新聞媒體報導，許多夜市的「拭餅皮」四成不合格，部份不肖的商人為強化麵皮Q度潔白，在攪拌過程加入防腐劑、過氧化氫、漂白劑、甲醛，消費者不察誤食過量，將造成腹瀉、肚痛或頭痛、嘔吐，甚至，傷害肝臟與腎臟功能，影響身體健康。

雖然，祖父已作古三十餘年，我們家早已不再製作拭餅，但每一次吃拭餅，或看見拭餅攤商，總會勾起兒時的回憶，腦海立即浮現爺爺他老人家「拭餅」的形影，以及昔日那種純手工，不添加防腐劑、漂白劑香Q有勁，讓人吃得很安心的「拭餅」皮，更重要的是，還有屬於我的那一段賣拭餅的日子。

牛糞風波

馬路上有牛糞，在今天的金門，應是一件很稀罕的怪事，但在四十幾年前家家養牛耕田的時代，則是觸目可及，而且，還是官方傷腦筋、農民擔心受罰的大事。

話說民國三十八年之後，「國、共」兩軍隔著金廈海峽對峙期間，大陸上的「中共政權」於一九五八年實施農村政治經濟制度，全面推動「人民公社」，把工、農、商、學、兵組織在一起，便於集權領導，直到一九八四年經濟市場興起才逐漸解體，由鄉、鎮組織所取代。

同樣的，一水之隔的金門島上，十餘萬準備「反攻大陸」的國軍部隊，為有效掌握軍政指揮權，於一九五六年實施「金門戰地政務」實驗，由「金門防衛司令部」司令官集黨、政、軍一元化領導，島上各村落成立「戰鬥村」，居民不分男女全民皆兵，男性年滿十八至四十五歲、未婚女性年滿十六至三十五歲，通通納入民防自衛隊編組，隨時支援國軍作戰，直到一九八二年十一月七日終止「戰地政務」實驗，才回歸民主憲政。

什麼是「人民公社」？什麼是「戰鬥村」？國、共兩軍在玩什麼把戲？值得進一步比一比！

先說大陸實施的「人民公社」，其目的為管理生產、管理生活、管理政權。期間還發動「無產階級文化大革命」，由年輕學生組成的「紅衛兵」，手拿「毛語錄」，頭戴綠軍帽、身著綠軍裝、腰間束武裝帶、左臂佩紅袖章，擎舉「革命無罪，造反有理」的大旗，到處張貼大字報，「天大地大不如黨的恩情大，爹親娘親不如毛主席親」的口號喊得震天嘎響，讓抄家「破四舊」的運動在各地風起雲湧，中華民族五千固有文化被摧毀殆盡。

同時，「文化大革命」期間，為激勵民族意識，對外，喊出「反蘇修」、「反美帝」與「反一切反動派」；對內，則喊出「農業學大寨、工業學大慶」等政治口號，企圖以「土法煉鋼」的精神「大躍進」，希望很快要「超英、趕美」，成為世界超級強國。

其次，實施「戰地政務」實驗的金門，同樣喊出：「時時備戰，日日求新」、「軍事第一，民生為先」、「加強建設，繁榮金門」等政治口號，要將金門建設成為「整潔的金門、禮貌的金門、戰鬥的金門、富康的金門」，使金門成為「三民主義的模範縣」！

當然，大陸施行「人民公社」，並沒有讓經濟「大躍進」，更沒有很快「超英、趕美」成為世界超級強國，反而搞得人民「一窮二白」，直到一九九二年鄧小平南巡發表「改革開放」的號召——不改革開放、不發展經濟、不改善人民生活，只有死路一條！因此，國外資金與技術爭相湧進，配合優惠的土地政策和廉價勞工，十年之後，大陸經濟真的全面起飛，無論在經貿出口值、或外匯存底等等經濟數據，均列為世界第一，實力已「超過英國，趕上美國」，並逐步向「世界超級強國」的目標邁進！

至於軍管體制下的金門，有沒有實現「三民主義模範縣」的夢想？以今天的眼光來審視，恐怕還有很大的努力空間。

就以建設金門為「三民主義模範縣」四大主軸，其中的首項「整潔的金門」而言，當時，金門是硝煙彈雨的戰地，隨時都有敵人的砲彈臨空爆炸，所謂「戰火無情、生命無價」，砲彈是不長眼睛的，誰倒霉被碰上了，若非粉身碎骨、血肉模糊向閻羅王報到，即是斷手斷腳終身殘廢。因此，金門大門對外封閉，一般人不能任意出入，所以，沒有民航班機，自然沒有觀光客，更沒有什麼經濟活動，島上的居民，除了部份靠幫駐軍洗改衣服，或販賣冷、熱飲食，賺取蠅頭小利，其餘大抵以傳統農耕過生活，種些蔬菜或蕃薯、高粱、大小麥與花生。其中，高粱與大小麥兌換大米當主食，蕃薯則切片曬乾碾碎成「安脯糊」當副食。

一般而言，農家為了耕田，必須養牛拉犁。而牛，是人類忠實的夥伴，華夏民族以農立國，五千多年來，牛幫炎黃子孫拉犁耕田，讓五穀豐登。而我們的老祖先，代代縱橫阡陌，從晨曦初露到黃昏夕照，耕牛如影隨形，彷彿就是農家的一員，尤其，耕牛走過春夏秋冬，翻土耙地，汗水滋潤的青禾，人們擷取甜美的果實，卻讓牠吃無用的莖葉和糟糠，怪不得很多老農看到年青人吃牛肉，都不甘心地直呼殘忍與忘本。

此外，農村家家養豬、戶戶餵雞鴨；通常，養豬的目的為收集豬屎、豬尿當水肥澆灌作物，所以，豬隻普遍圈養在農舍旁邊，豬屎、豬尿像寶貝一樣的收集，也因此，豬糞除了臭味飄散之外，大致上不會造成環境髒亂。可是，雞、鴨則成群放任在農舍四周遊蕩，所謂「雞腸鳥肚，隨吃隨放」，雞、鴨隨地便溺，農村環境衛生髒亂情景，不言可喻。

然而，耕牛吃草，又以野外放牧為主，每天早上牽牛上山吃草，傍晚牽回牛舍過夜；因此，牛隻不論上山耕田或拉車，無可避免地都要經過馬路。雖說牛隻和人一樣，都是懷胎十月所生，但牛比人笨，且不能明禮義、知廉恥，動輒隨地大、小便。於是，馬路上處處可見牛糞，既影響整潔衛生，也有礙觀瞻！

「戰地政務」軍管體制下，金防部司令官為「金門戰地政務委員會」兼主任委員，集黨、政、軍權力於一身，說出口的每一句話，就是命令、就是法律，島上軍民人人遵行，不能任意打折扣。尤其，島上大小道路，悉由部隊劃分責任區維護與清掃，路旁相當的距離，分別堆置有「消防砂」與「戰備石」，以備遭砲擊或風雨侵蝕可立即修補。

由於金門要打造成為「三民主義的模範縣」，特別是「整潔」排在第一項，所以，每天清晨都可看到阿兵哥在打掃馬路，為爭取評比績效，人人戮力以赴，任誰都不敢馬虎應付了事。

然而，島上的馬路，很少看到馬，除了汽車和行人之外，倒是常常看到牛車或耕牛，而牛隻要撒尿或拉屎，既不會事先表明，也沒有任何預告動作，想拉就拉、說放就放，因此，馬路上時時可看到牛糞，有些是牛隻停下腳步排放，一大坨黑色的糞便堆在馬路上、有些則是牛隻行走間沿路排放，形成一步一小撮糞便落在馬路上，成為破壞「整潔金門」的頭號大敵，不在話下。

於是，司令官下命令，規定農民牽牛上路，必須攜帶掃帚和畚箕，牛隻上路排放糞便，飼主應自行負責清理乾淨，否則，要罰款三百元——相當於基層公務員或教師月薪的一半，很多窮苦的農民繳不起罰款，只好被抓去「關禁閉」——通常是抓到鄉鎮公所關三至五天。

「金門戰地政務委員會」為貫徹「整潔的金門」命令執行，一方面補助豬舍、牛舍遷往村外，牲畜不可與人同居，雞、鴨應圈養，不可外放四處遊蕩，並為消滅老鼠與蚊蠅，大力填除糞坑，補助家戶建置「化學廁」——即抽水馬桶與化糞池。同時，採取重罰手段，要求「戰鬥村」警員加強巡邏稽查，凡違反清潔衛生者，諸如：雞鴨外放、牛隻馬路排便等等，統統開單告發處罰；相對的，若是員警巡查不力，將依規定記過處分。

其實，牛糞在農村是一項寶物，不但是農作物堆肥的重要來源，也可曬乾當成燃料。畢竟，早年金門島上沒有瓦斯，也沒有電力供應，自然沒有瓦斯爐炒菜或電鍋煮飯，民間爭相砍伐樹木或耙取田野雜草當燃料，以致放眼童山濯濯風沙為患；民國三十八年之後，十餘萬國軍部隊進駐，官兵炊事亦需柴火，軍民爭相砍樹伐木，島上缺柴情況更為嚴重。

由於牛吃雜草，草是綠色的纖維組合體，被牛舌捲進肚內，經過四個胃的反芻咀嚼，由消化脢將纖維素分解為葡萄糖吸收，最後排放出一坨黑色的纖維殘渣，那就是「牛糞」。換句話說，牛糞的形成，等同把草料送進絞碎機榨取汁液，所剩的殘渣是一堆青草纖維，所不同的是顏色由綠轉黑而已。難怪牛糞在灶內燃燒，和燒草一樣，並不會發生臭味，所以，不只西藏遊牧民族視牛糞為寶貝聖物，從前金門島上的居民，亦爭相撿拾曬乾當燃料，唯一有別的是，曬乾的牛糞較少用以炒菜煮飯，通常是在農舍裡當作煮豬食的燃料。

昔日，生長在農家的學童，下午放學不是去補習班，更不是回家做功課，而是背起籮筐，拿起鐵耙，到馬路邊的木麻黃樹下耙落葉，供作燒水煮粥；或背起籮筐，拿起鐮刀，上山割牧草，順便牽牛回家。

或許，我的童年餐餐吃蕃薯，營養不良身材瘦小，但每次上山割草牽牛，不怕拉不動碩壯的耕牛，也不怕公牛發性用角觸人，唯一害怕的，是牛隻在路上拉屎。因為，每次看到牛尾翹起準備排便，想要阻止，卻每每束手無策，只有眼睜睜地看著熱騰騰的牛糞，一坨坨從牛尾噼裡叭啦落地，這個當兒，最怕的是被副村長或戰鬥村員警發現，除了會遭受一頓責罵之外，家長將被開單告發處以三百元罰款，畢竟，在那窮苦的年代，對農民處於三百元的罰款，的確是一項非常嚴重的處罰，因為，耕稼人家終年辛勞，賣十擔青菜或百斤蕃薯，也不一定能有三百元的收入！

認真說，農家牽牛上馬路，那是家常便飯，幾乎是每天晨昏必做的例行公事，萬一牛隻在馬路上排便，又未攜帶掃帚與畚箕，假如不幸被戰鬥村員警撞見，那麼，應該算是不幸中的大幸，因為，戰鬥村員警都是道地的金門鄉親，即便被怒罵，基於「人不親土親」的情形下，最起碼字眼上不帶髒話；相反地，如果是被屬於「北貢」族群的副村長看見，那可就慘了，別的不說，光是面對那副窮凶惡極的嘴臉，以及出口成「髒」不堪入耳的辱罵，足以令人三日食不下嚥！

記得有一次，我下午放學順便牽牛回家，走在馬路上，迎面有部隊行軍，這個當兒，不知好歹的大笨牛，竟突然翹起尾巴，大剌剌地排放糞便，一坨熱騰騰的牛糞落在馬路上。正巧，該路段正是行軍部隊的清潔維護責任區，有一位肩上有槓槓的軍官走到我面前，要我儘快設法把牛糞消除。

雖然，牛要拉屎，就像「天要下雨」一樣勢不可擋，儘管軍官沒有對我疾言厲色怒罵，但我已感到驚慌與愧疚，立即將牛拉至路旁拴在木麻黃樹幹，攀折帶葉的樹枝當掃帚，迅速將牛糞從馬路上掃除，並覆以細沙再清掃一次，讓路面恢復原有乾淨的面貌，才牽牛回家。

往後的日子，每次放學順便牽牛回家，遇牛隻不識趣排便，均趕緊設法自行清除乾淨。

然而，有一天，當我自行清除牛糞的當兒，正巧被副村長撞見了，先是一頓責罵，立即以牽牛上路未攜帶清掃工具為由，準備開單罰款，當場把我給嚇壞了。後來，經過村長居間斡旋協調，極力為我辯護，強調雖未依規定攜帶清掃牛糞工具，卻能善盡清掃責任，最後勉為其難獲得法外開恩，僅告誡一番免於受罰，才平息一場牛糞風波。

經過這次風波之後，往後每次牽牛上路，更加小心謹慎，因而未曾被處罰過，倒是聽說有許多農民被罰款或抓去關禁閉。同時，也有許多「戰鬥村」警員，因馬路上有牛糞巡查不力，遭到記過處分。

時光荏苒，離鄉在外謀生近四十個寒暑；偶而回到鄉下老家，發覺金門早已結束軍管，兩岸關係日漸和緩，炮聲已遠颺，當年枕戈待旦準備「反攻大陸」的駐軍幾乎撤光了。而且，隨著大時代環境的變遷，年青人相繼離鄉出外謀職，沒有人願留在島上耕種，守在農村的，普遍是上了年紀的阿公阿嬤，以致諸多田地拋荒，部份則由專業農戶承租代耕，無論是種高粱或小麥，悉由機器耕耘，牛隻已逐漸在農村消失，馬路上自然沒有牛糞，也沒有影響環境衛生的問題了。

如今，環保意識抬頭，除了落實垃圾分類、資源回收，並大力推行節能減碳，以營造優質的生活環境，甚至，一般人飼養寵物，「蹓狗繫狗鍊•蹓狗不留便」，才不會影響環境衛生；否則，寵物隨地便溺，將依「廢棄物清理法」處以一千二百元以上六千元以下之罰鍰。

也許，當年「戰地政務」體制下，「司令官」下令耕牛在馬路上排便，處以三百元罰

款，被批評為「鴨霸」不講情理，較諸於當下寵物排便罰款，應是「小巫見大巫」，當時為營造「整潔的金門」，確實用心良苦，雖然，金門距離「三民主義的模範縣」尚有一段很長的路要走，但努力的心血沒有白流，如今，金門結束軍管對外開放觀光，許多訪客飛臨金門，對島上環境整潔讚譽有加，應歸功於當年立下良好的基礎！

白色的回憶
——記戰火下參與「金門血絲蟲病防治工作」

在醫院裡工作的人員，普遍穿白色的制服，而我的第一份薪水，就是在「金門衛生院」參與「血絲蟲病」防治工作，雖然，只有短短的一年三個多月，但在生命之中，卻充滿著無限的回憶……。

■緣起

金門，古稱浯江或浯洲，孤懸於閩南沿海九龍江口外，主要有大金門和小金門等島嶼，面積一百五十平方公里，長住居民約有五、六萬人。

昔日，島上缺乏天然資源，土壤貧瘠、年雨量稀少，且東北季風強勁，不利農業耕作，居民謀生不易，成年男丁皆挽著包袱「落番」下南洋討生活，靠出賣勞力賺取微薄的血汗錢，輾轉寄回家鄉奉養親人，使金門成為著名的「僑鄉」。

所謂「南洋錢、唐山福」，華僑從南洋賺回外匯，在家鄉蓋洋樓、辦學校造福桑梓，卻也帶回許多熱帶地區的傳染病，「血絲蟲病」就是其中之一。

由於金門與廈門同位九龍江口外，地緣近、血緣親、語緣通、文緣深、俗緣同，自古即是「五緣之親」的兄弟島，居民密切往來，情感血濃於水！

根據國際知名的寄生蟲學者，也是前「國防醫學院」寄生蟲學教授范秉真先生調查研究報告指出：金、廈兩門同是南洋華僑的原鄉，而廈門更是金門僑親出入的門戶。早在西元一八七二年，英國籍醫師「曼遜氏」，在廈門發現東南亞常見的「血絲蟲」病例，即著手進行研究。

「曼遜氏」醫師經過三年的研究，在檢查「象皮腿」病患的血液，發現「血絲蟲」之幼蟲，繼而在住院六百七十名病患

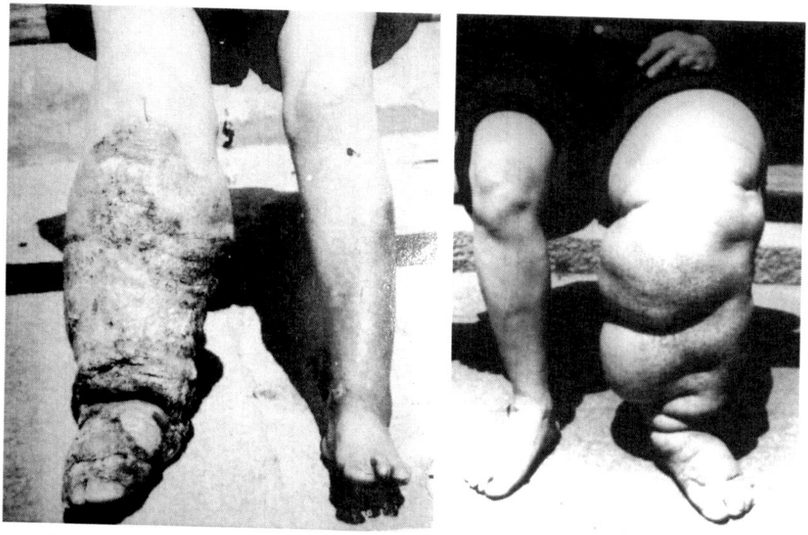

右：金門居民因血絲蟲病引起之「象皮腿」症狀。
左：金門居民因血絲蟲病引起之「臭腳皮粘」症狀。

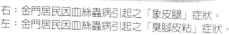

中，檢查出六十二人為「血絲蟲病」帶原者，感染率為百分之九點三；復經不斷的追蹤研究，證實「象皮腿」、「臭腳皮粘」、「巨卵症」與「乳糜尿」等症狀均為「血絲蟲病」，係由熱帶家蚊傳播感染發病而成。

由於金、廈兩地居民往來頻繁，密切接觸，廈門有近一成的居民感染「血絲蟲病」，金門居民自是不能倖免，因此，范秉真教授推斷「血絲蟲病」在金門感染流行，已有超過百年以上的歷史。

■無卵頭家，就是血絲蟲病

什麼是「血絲蟲病」呢？簡單地說，那是一種透過熱帶家蚊傳播，由「血絲蟲」的成蟲，寄生於人體淋巴系統引發的疾病，最明顯的症狀是臉、耳、手、腳，以及生殖器官異常腫大，令人畸形殘肢、喪失工作能力，是熱帶蚊蟲孳生地區的流行性疾病。

根據醫學文獻報導：「血絲蟲」之幼蟲體積非常微小，需

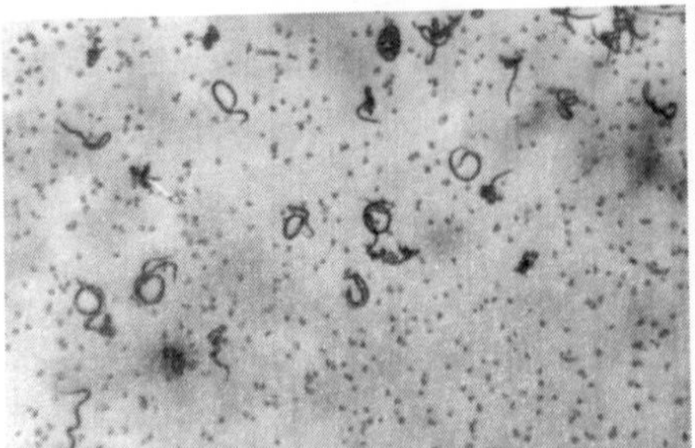

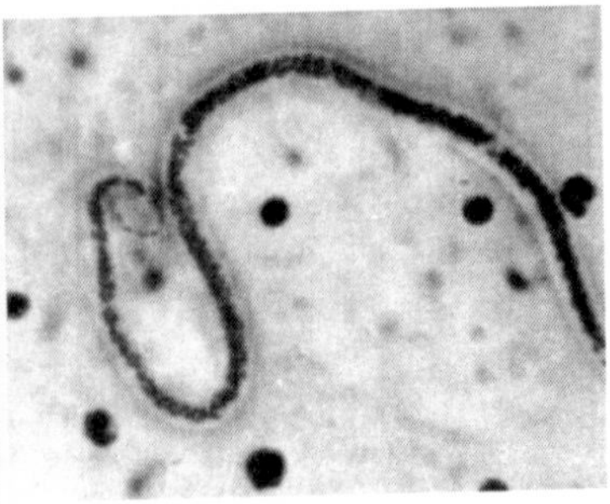

左：一小滴血可能存有數十或數百條血絲蟲幼蟲。
右：顯微鏡下的血絲蟲原貌。

用顯微鏡才能看見；白天，躲在人體肺部血脈裡；夜間，始出現在末梢血管，目的是希望藉蚊子叮咬，以便傳播他人。

一般而言，「血絲蟲」之幼蟲，隨蚊子吸血進入其腹腔，大約經過十天四期的演化，成為具有「傳染性」的幼蟲；假如這隻蚊子再叮咬他人，具「傳染性」的幼蟲會傳染進入新的人體，因蚊子飛行的距離不遠，所以，被傳染的對象，首當其衝的是帶原者自己和家人，以及左鄰右舍。因此，往往一家祖孫三代，都是「血絲蟲病」的患者，彼此相互感染，一代傳過一代，成為家族遺傳性傳染病。

也許，天地間造物主真的很奇妙，「血絲蟲」的幼蟲在人體內，並不會自行發育為成蟲，必需經蚊蟲叮咬在其腹腔演化，再傳播他人，才能成長為四至十公分的成蟲，寄生在人體的淋巴管與淋巴腺內，常常造成淋巴液循環系統受阻管壁破裂，以致淋巴液在組織流竄沈積，使身體部位腫脹變形或潰爛。

舉例而言，如果腿部淋巴管阻塞破裂，淋巴液流竄沈積，那麼，大腿組織將壞死，逐漸腫脹變粗，外觀似大象之皮或大象之腿，稱之為「象皮腿」。病變之腿，每每是正常值的二、三倍，造成寸步難行；如果男性陰囊內淋巴管阻塞破裂，將使陰囊逐漸腫大，成為「巨卵症」，可達原來的數倍或數十倍，不但造成行動不變，也將喪失生育力。

雖然，罹患「血絲蟲病」死亡率不高，但會導致臉、耳、手、腳、女性乳房、男性陰囊等肢體腫脹變形，又因早年醫藥不發達，感染者只要一發病，將造成行動不便，喪失謀生能力，生活立即陷入困頓，每每流落街頭成乞丐。

更因昔日教育不普及，醫藥知識貧乏，村落廟宇供奉的忠孝節義神靈，每每成居民信仰支柱與生活規範，人們深信有生死輪迴、因果報應。所以，身體出現病痛，普遍靠到廟裡求神擲爻、祈香灰符水保平安；倘若病痛未見改善，只好聽天由命，特別是畸形殘肢，常誤認係遭天譴羞於見人，因而有生不如死的苦痛，以致自殺事件層出不窮。

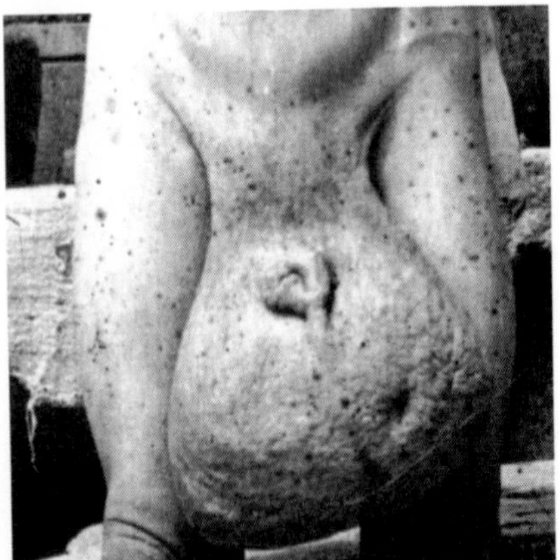
金門的「巨囊症」，重達十六斤，行走困難。

如果大家不健忘的話，記得民國八十年前後，國內有一部「無卵頭家」的電影，那是以醫生作家汪湘琦所寫的小說改編拍攝成電影，主題為描寫民國四十一年，澎湖離島之一的裡狗港，爆發了神秘的流行怪病，村裡的許多男人，陰囊紛紛腫脹成原來的數倍或數十倍之大；同時，也有婦女的部份「乳房」，也莫名其妙不斷腫大，全村人心惶惶！

因為，海港的許多村民得了「巨卵症」，以致行動不便，無法出海捕魚，尤其，偏遠離島欠缺醫療設施，居民知識貧乏，沒有人知道病因，咸認係觸犯神靈遭到懲罰，於是，爭相到廟裡求王爺、拜菩薩。甚至，從台灣重金禮聘高僧法師進駐，多次建醮酬神，可惜，高僧法師不但無法為村民消災解厄，竟連自己也染上「巨卵症」，村民更加恐慌，人人自危。

後來，有人到台灣求診，接受醫生的建議，忍痛把「巨卵」給割除。雖然，懸於兩股之間的「巨卵」割除了，行動方便自如，能出海打漁謀生，卻自此斷了香火，暗地裡被村民嘲謔為「無卵頭家」，自覺無顏見家鄉父老，也愧對列祖列宗，因而氣憤跳海自殺，以悲劇收場。

事實上，「無卵頭家」的故事，正是「血絲蟲病」的案例，已在閩南沿海流行百年以上的歷史，不只在澎湖肆虐，過去金門也有許多「象皮腿」和「巨卵症」的病例，部份「象皮腿」病患長期糜爛，痛苦而無助，最終都截肢成殘。而金門的「巨卵症」病例，其中最大者如籃球一般，需以專用吊袋繫於肩膀，才能勉強行走，苦不堪言，幸范教授協助安排至「五三醫院」（尚義醫院）手術，切除後足足有十六斤，由此可管窺不幸罹患「血絲蟲病」，確是死亡率不高，但足以令人有「生不如死」的苦痛！

■范秉真教授，發現金門血絲蟲病例

提起金門「血絲蟲病」防治史，就應先從前「國防醫學院」寄生蟲學教授范秉真先生說起。

范秉真教授，民國十一年出生於河北省贊皇縣山區窮苦農村家庭，由於當年軍閥割據、戰亂頻仍，鄉野盜匪猖獗，民不聊生。童年時的范秉真眼見許多窮苦人家身體病痛，卻沒有醫生診療，因而立志習醫，希望有朝一日能懸壺濟世，拯救黎民蒼生。

民國二十六年中學畢業，適逢中華兒女全面對日抗戰軍興，范秉真為響應「一寸山河一寸血、十萬青年十萬軍」的號召獻身軍旅，考進西安軍醫學校。民國三十四年對日抗戰勝利後，西安軍醫學校併入上海「國防醫學院」。那一年，范秉真完成基礎醫學養成學分，分發至北平「陸軍總醫院」實習，畢業時成績優異，獲留校擔任寄生蟲學助教，因軍命難違，未能如願行醫，開始走入窮鄉僻壤，投身公共衛生工作。

范秉真擔任寄生蟲學助教期間，因職責所在，鑽研寄生蟲學鍥而不捨，興趣與日俱增，甚至廢寢忘食，雖然，所擔任的職務並非在診療間為病患療傷止痛，有違當初立下懸壺濟世的宏願，但研究寄生蟲學，是從不同的地點出發，拯救黎民蒼生之目標是一致的，反而能為更多人療傷止痛，因而勇往直前、奮力不懈。

民國三十八年爆發「國、共」內戰，大陸河山風雲變色，范秉真隨國軍撤退來台，曾奉派赴美國國家衛生研究院研究，榮獲醫學博士學位，返國後分別擔任國防醫學院、陽明醫學院教授及科主任，以及陽明大學寄生蟲學榮譽教授，經常在國際醫學論壇發表研究報告，成為享譽國際的知名寄生蟲學學者。

民國四十年，范教授在國防醫學院護士班為學生授課時，當講解「血絲蟲病」章節之時，以幻燈片放映臨床症狀，引起在場一位家住高雄岡山的女學生高度憂慮與緊張，主動要求代為採血檢驗，結果確為「血絲蟲病」帶原者。

范教授循此線索，展開追蹤調查，又發現其弟弟也是帶原者，繼而在全村實施採血檢驗，結果有百分之八點七的居民感染，證實台灣部份地區已為「血絲蟲病」感染疫區。

因此，范教授分別走訪雲林、嘉義、台南、高雄、屏東等地區，以及金門、馬祖、澎湖三離島，展開國內「血絲蟲病」感染情況大調查。前後總計花費五年的時間，結果發現台灣本島的「血絲蟲」感染率為百分之一點六、離島的馬祖是百分之十一點六、澎湖為百分之十四點三，金門感染率高達百分之十九點一。

范秉真教授是於民國四十一年，在行政院農復會及聯勤總部支援下首次到金門，分別在水頭、新頭、瓊林、東蕭、後水頭及小金門之四維、湖下等七村進行「血絲蟲病」採血檢查；在一千四百二十三人之中，檢查出二百七十二人為帶原者，感染率高達百分之十九點一，等於每五個人之中，就有一人感染帶原，情況為國內最為嚴重。

國防醫學院教授范秉真於民國四十一年首次抵金調查血絲蟲病，於太武山「毋忘在莒」勒石前合影。

范教授在完成國內「血絲蟲病」感染情況大調查，發現金門感染率最高，於民國四十六年，又回到金門，在大金門之南山等村，重新進行採血檢查，總計在三千六百零二有效採血樣本之中，檢查出感染率為百分之十三點九，較第一次檢查時感染率為低，原因是第一次檢查出來的帶原者，均委託駐地軍醫代為投藥治療。

由於當時兩岸關係緊張，金門島上戍守十餘萬國軍部隊，尤其，部隊實施前線戰地與後方輪調制度，通常是金、馬離島與台灣本島二年輪調一次。如此這般，倘若駐防金門的官兵感染「血絲蟲病」，相互重複感染，將嚴重影響戰力。此外，義務役士兵均來自台灣本島家庭，假如官兵將病原帶回台灣各縣市，後果將十分可怕。

■行政院推動金門血絲蟲病五年防治計劃

民國五十九年，經國先生任行政院長，獲悉「血絲蟲病」潛在危機，為確保金門軍民健康，鞏固國軍戰力，指示「衛生

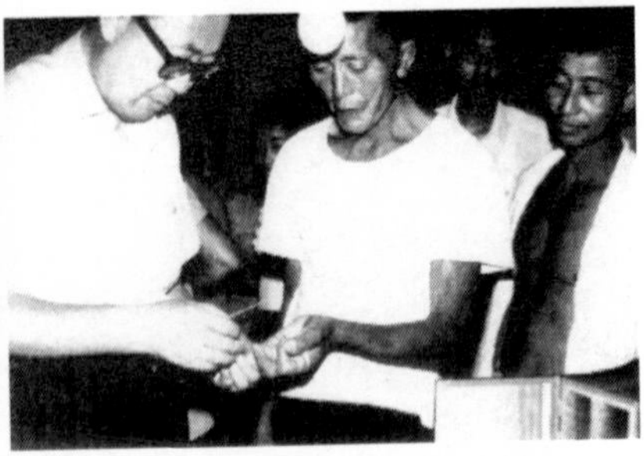

左：民國六十年八月一日，金門衛生院成立臨時「血絲蟲病防治小組」成員合影。
右：范教授為金門居民進行採血調查情形。

署防疫處」會同「陸軍軍醫署」，積極籌劃「金門血絲蟲病防治工作」，並由農復會、國防醫學院等單位技術支援。

翌年，金門衛生院院長趙金城，先邀請范秉真教授蒞金指導，於民國六十年八月一日成立臨時「金門血絲蟲病防治小組」，聘請徐郁坡先生擔任顧問兼昆蟲室主任，負責技術指導，帶領薛德成、何福明、陳水潭、范振萬四人展開初步調查工作。

民國六十一年五月，行政院衛生署署長顏春輝率防疫處長許書刀等相關官員，專程飛抵金門視察臨時工作小組調查情形，獲悉當年元月至五月完成金寧地區六千三百三十人採血樣本，檢查出「血絲蟲」感染率為百分之十四，確定情況十分嚴重。

因此，顏署長返台後，即擬定「金門血絲蟲病五年防治計劃」，並奉行政院核定自民國六十一年七月至民國六十六年六月為計劃實施期，委由「金門縣衛生院」和「金門防衛司令部」軍醫組負責執行，預定將發病率降到百分之零點五以下；而主導這項「只許成功、不能失敗」的重責大任，就落在國防醫學院范秉真教授身上。

「金門血絲蟲病五年防治計劃」成立之初，由金防部軍醫組組長及金門衛生院院長兼任協調督導官，聘請國防醫學院范秉真教授擔任技術顧問、昆蟲專家徐郁坡先生擔任防治小組兼昆蟲室主任，負責蚊子分類、及「血絲蟲」感染率檢查分析與採血技術、血片檢查等技術指導。並公開招考戰地青年十二人為「效果評價員」，負責採血、血片檢查、投藥治療及效果評價、分析、統計等工作，先送到台北市南港瘧疾研究所，進行為期三週的職前訓練，結訓後返回金門，正式展開防治工作。

擔任防治小組兼昆蟲室主任徐郁坡先生，也是軍醫出身，是國內知名的瘧疾防疫及昆蟲專家，曾隨美國海軍醫學研究所團隊，深入東南亞的菲律賓、越南、泰國等蠻荒地區，從事昆蟲調查與瘧疾研究，學養俱佳，獻身公共衛生數十年，防疫經驗非常豐富。尤其，金門正值「國、共」交戰烽火漫天，砲彈滿天飛，隨時可能中彈粉身碎骨，而他不計個人安危，毅然遠離家人，隻身前來金門，敬業精神令人感佩。

值得一提的是，范秉真教授係國防醫學院寄生蟲學教授，教書之餘，把大部份的時間和精力投入「血絲蟲病」研究與防治工作，經常冒著敵人砲火轟擊的危險，風塵僕僕前來金門，走遍大、小金門，島上一百五十三個自然村之名，他可以倒背如流，而且，村與村之間的道路怎麼走，也瞭若指掌。每次到金門，白天，他深入各村落探訪「象皮腿」、「臭腿皮粘」、

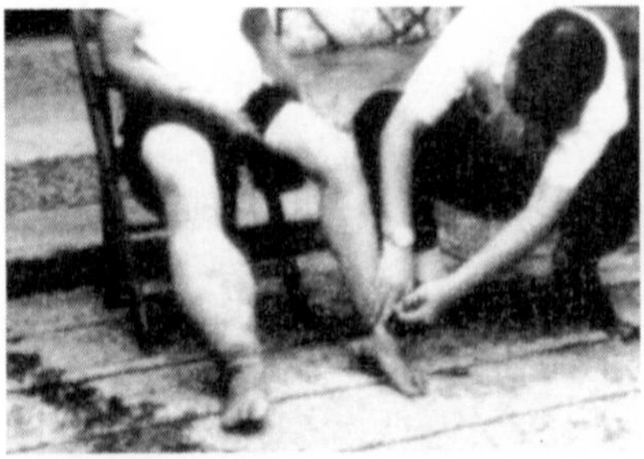

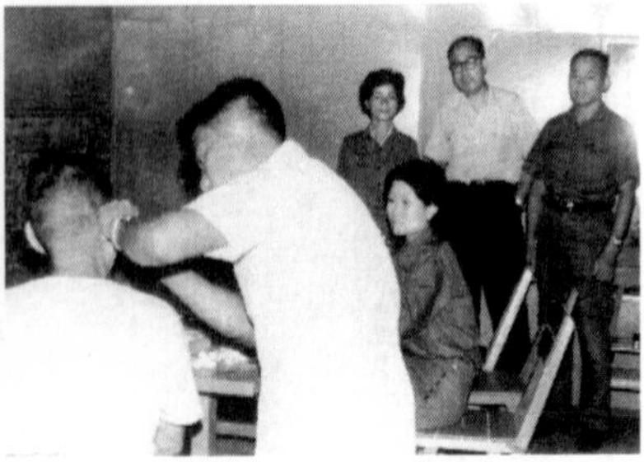

左：范教授下鄉調查記錄血絲蟲病患症狀。
右：范秉真教授與金防部軍醫組及金門血絲蟲病防治小組人員夜間採血情形。

「巨囊症」和「乳糜尿」的患者，分別協助安排至台大醫院、國防醫學院（今三軍總院）、台北榮民總院、或金門的「五三野戰醫院」（即尚義醫院，後來遷至花崗石醫院）治療。

治療康復後的病患，范教授每次到金門，也必定挨家挨戶個別訪視與複檢，關懷備至，為民消除病痛，視病猶親，所以，每次到金門，均受到鄉親高度的歡迎，很多人把他奉為救苦救難的「活菩薩」。有趣的是，「活菩薩」係河北人，帶有濃重的北方口音，許多不識字的村夫村婦「聽無」，所以，每次皆由金門籍的工作小組成員薛德成陪同充當翻譯，兩人就像廟裡的「乩童」和「桌頭」合作無間，傳遞菩薩的旨意，為善男信女消災解厄，造福人間。

當然，范教授夜間也沒有閒著，不改「夜遊俠」的本色，「雙號」晚上，除了陪著大夥兒一起外出採血，甚至，為了替治癒的病患採血複檢和體檢，連「單號」晚上也出門，曾經有幾次共軍的宣傳砲彈落在附近，亦無所懼怕。

同樣的，防治小組主任徐郁坡先生，在工作上亦是「拚命

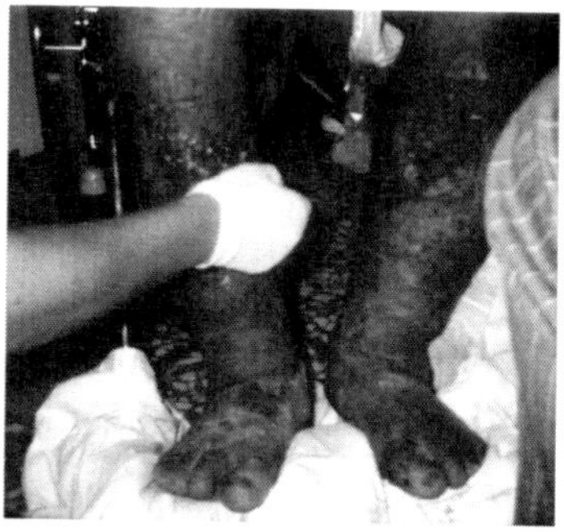

左：金門血絲蟲病防治小組人員採集蚊子幼蟲情形。
右：范教授診視血絲蟲病患雙腳潰爛形情。

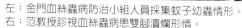

三郎」，他從「金門血絲蟲病防治小組」籌備處成立之初，即前來金門技術指導，白天，經常戴著斗笠，與工作小組的成員薛德成、何福明和陳水潭，拿著尼龍網和集樣盒等工具，到各個村落的糞坑、水溝撈捕孑孓，甚至，連村落中一些閒置的水缸、石臼等積水容器也不放過，將孳生的孑孓帶回分類飼養、檢驗與研究，建立金門蚊蟲的標本資訊。徐主任常常在大太陽下的糞坑邊工作，既不怕髒、也不怕臭，更不怕毒熱的太陽，其對工作執著的體力與敬業之精神，連年輕小伙子也望塵莫及。

事實上，徐主任家人皆在台灣，隻身來金門就住在醫院的宿舍裡，根本沒有所謂上班或下班，不只白天工作，夜間也沒有閒著，從不填計加班費；雖然，後期伙伴們工作已駕輕就熟，較少陪同出去指導採血，反而常看他獨自在檢驗室裡，以顯微鏡進行蚊蟲解剖或檢查血片，每每是通宵達旦；也因此，工作小組同仁受他精神感召，同樣是日夜工作，沒有人申請「加班費」，也沒有所謂的「補假」，人人全力以赴，共同為根絕「血絲蟲病」而努力。

當然，徐主任是人，而不是神，更不是一部機器，所以，假日偶而也會休息。但僅止於拿著釣竿到醫院門口的山外溪垂釣，享受寧靜的湖光山色，然而，他釣魚的目的，不是為了吃魚，每次收竿之前，便將魚兒統統放回溪裡，從未見他帶回烹煮。

值得一書的是，徐主任學識淵博，精通英文，喜歡閱讀國、內外雜誌，不少同仁工作餘暇積極準備公職考試，遇到疑難問題請教，他也和學校的老師一樣，不厭其煩地再三解說，直到完全理解方休。換句話說，他不但是「血絲蟲病」防治的技術指導顧問，也是課業上的義務導師。

尤其，徐主任平易近人，與大夥兒睡在同一寢室，每晚入睡前，常應我們的要求，講述隨「美國海軍醫學研究所」到中南半島的見聞趣事，他也如廟裡的「菩薩」有求必應，講述一些親身經歷見聞，有與美國大兵相處的新鮮事、有「番邦」土著的奇譚怪事，由於大家都未曾出國，所敘述的情節精彩、神奇，很容易於引人入勝，每每讓大家聽得陶醉入神。

因為，徐主任所講的許多奇聞軼事，乍看是一則新奇的「小故事」，其實，其中每每蘊含著「大道理」，除了讓大夥兒增廣見聞，更因日積月累薰陶的結果，產生潛移默化之功效，陶鑄工作成員樂觀奮鬥、服務人群的正確人生觀。

「金門血絲蟲病防治小組」的任務編組，除了主任之外，另有十二名「評價員」，後來，有三位「評價員」另獲高就離職，「金門衛生院」辦理約聘徵才考試，就是那次考試之中，我從四十餘位應考者僥倖獲錄

金門血絲蟲病防治小組徐郁坡主任率員為金門高中學生採血情形。

取，成為「血絲蟲病」防治新兵，正式加入工作行列。

■進醫院首夜，與鬼同眠

民國六十四年二月，農曆新年過後的第一個上班日，我提著簡單的行李，轉了兩路的公共汽車，到位於新市里的「金門衛生院」報到。

上班的第一天，完成報到手續之後，因「血絲蟲病」檢驗需夜間採血，得安置夜宿床位；由於員工宿舍僅剩二個床位，當天有三位同梯新進報到，我從鄉下轉車姍姍來遲，二個床位被早到者捷足先登，不得已的情況下，防疫課長吳少海帶我到工友值日室，用手指著最裡面那張床：

——哪！就是那張床，暫時先睡，以後再調整！

所謂「工友值日室」，原是醫院的舊病房，雖然醫院擴建新病房，但金門是戰地，隨時可能爆發戰爭，為應戰時之需，仍擺著四張原來的病床，暫時供作救護車司機與抬傷患工友值夜睡覺的地方。

我遵照課長的指示，把寢具放置床上，隨即被帶進檢驗室向徐主任報到，分配坐位與領取顯微鏡等器具之後。由徐主任及先進同仁，對我們三位「新兵」展開教育訓練，指導採血、血片製作與操作顯微鏡、捕捉蚊子等等專業技術，以及做公共衛生的基本概念與專業素養。

當天晚上，日曆上是「雙號」，前半夜對岸共軍依例不會向金門群島砲擊，工作小組得外出到各村里「採血」，我隨隊前往見習，回到醫院已是凌晨時分。

時值寒冬，夜裡溫度很低，值日室裡的司機和工友早已入睡，我不敢開燈，躡手躡腳地摸到床邊，鋪好棉被一骨碌鑽進去，靜靜地躺著等入眠，可是，未待闔眼，頓覺一股莫名的寒意，一陣又一陣的襲上心頭，冷得直打哆嗦。我趕緊閉上雙眼，希望讓自己盡快入夢，在似睡未睡的潛意識裡，清楚地看到一個長髮披肩、身穿白衣的女子，全身濕漉漉地躺在我的旁邊，不停地抽泣，哭訴著不幸的際遇，最後一躍跳水中，我從「澎通」聲響中驚醒，只覺一身冰冰的冷汗！

一整夜，我未敢闔眼，瞪著雙眼直到天明。由於剛剛到醫院上班，人生地不熟，且是新進約聘人員，不具公務人員應有保障，隨時可能捲舖蓋回家吃自己，因此，我不敢把所作的夢告訴任何人，避免惹上「散佈謠言、擾亂人心」的麻煩，特別是在戰地「人人保密、個個防諜」。

隔天晚上，適逢日曆上的「單號」，共軍會對金門實施砲擊，民眾隨時準備躲防空洞保命，依例防治小組停止夜間採血活動。因此，我提早進入寢室，聽值班的周姓老工友——老周，暢談「八二三砲戰」期間抬傷患的陳年往事，細數著老病房和老病床的靈異奇聞，但見他說得手足舞蹈、口沫橫飛，確實是很神奇，我很認真仔細地聆聽。老周說著說著，不經意間，突然指著我睡的那張床，說曾死過一位投水自殺的小姐，長髮披肩，穿著一身潔白的衣服，漂亮得像天仙。

雖然，老周一陣嘆氣惋惜之後，仍滔滔不絕地訴說醫院的奇聞軼事，可是，我已聽不清楚他在說些什麼，因為，剛剛他所說的情節，與我睡第一晚夢見的，情景完全一模一樣，我被嚇得目瞪口呆，久久說不出話來！

畢竟，醫院宿舍已沒有空床位，加諸金門仍處戰地前線與對敵交戰時期，夜間十時以後實施宵禁，缺少通勤交通工具，只得硬著頭皮繼續睡下去。

於是，當晚就寢前，我雙手合十默禱，表示自己也很倒楣，未能在員工寢室分配到床位，課長要我暫時借睡，實是情非得已，絕對沒有長期佔有的意思，還請諒察包涵。

也因此，往後繼續睡了近一年，不曾再作過類似的夢。經過這件事後，我確實相信，天地之間存有鬼神；但是，我更相信，只要平時不做虧心事，多行善、莫害人，其實，鬼神也沒有什麼好懼怕的。

此外，醫院左後方圍牆邊有一間獨立式的瓦房，稱為「太平間」，也就是傷病患死亡停屍的地方，平時房門關著，很少有人會去那裡走動，唯有前方有一片曬衣場，偶而，我會去晾曬衣服；但因夜宿工友值日室，常聽老技工、工友談起醫院的種種靈異傳說，包括「太平間」常有冤死鬼夜哭。因此，每次洗好衣服拿去晾曬，總是匆匆把衣服掛在水泥柱的鐵絲上，旋即頭也不回地迅速離開。

有一次，課長發給我一件胸前繡著金門地圖的藍色棉襖，那是前面離職人員所移交，顯得有點老舊與骯髒，趕緊拿去洗衣台用肥皂粉浸泡、洗淨，再拿到曬衣場晾曬。

豈料，天黑前竟忘了收回，那是「公發品」，列入移交，丟不得也！直到夜間採血歸來，已洗完澡準備就寢，臨睡前才猛然想起棉襖忘了收，還留在曬衣場，立即起身摸黑去取回。

凌晨時分，屋外一片漆黑，冷風咻咻作響，「太平間」前顯得異常陰森，令人不寒而慄！我循著防空洞的矮牆，摸黑來到曬衣場。突然，耳邊傳來一陣呻吟聲，立即歇腳聆聽；不一會兒，又一陣更刺耳的呻吟聲劃破夜空，大腿不由自主地顫抖起來，本想拔腿回頭跑，卻怎麼也跑不動，整個人癱軟在那兒。然而，自衛的本能，像民防演訓站夜哨，發覺警戒狀況下「口令」：

——那一個？

——是……我……啦！

是男人的回聲！於是，我續下第二道「口令」：

——幹什麼？

——抓……兔……啦！

天呀！原來就是醫院裡那個喜歡喝酒的老技工——老李，獨自趴在水溝邊嘔吐，趕忙把他扶起，送回寢室休息。

哇塞！恐怖，真的有夠恐怖，我被嚇出一身冷汗，幸好，當時腿軟沒有跑離現場，否則，「太平間」冤死鬼夜哭的傳聞，準又多一個見證人。

因此，這些年來，每當再聽到有人活見鬼，暗忖應是捕風捉影，內心依然篤定：鬼，不會嚇死人；人嚇人，才會嚇死人！

■夜間採血，才能檢查出血絲蟲病

宇宙浩瀚，無奇不有，造物主之創意，令人讚嘆！

話說「血絲蟲」的幼蟲，蟲體非常的微小，小到用肉眼根本看不到，必需用顯微鏡放大一百倍，才能窺見其蜷曲如細線的形影，既沒有行走的腳，或蠕動的偽足與鞭毛，而且，很難分出哪一端是頭，哪一端是尾。換句話說，在高倍顯微鏡下，仍看不見「血絲蟲」的眼睛或嘴巴，照理說，應是沒頭沒腦的笨傢伙！

然而，「血絲蟲」之幼蟲，卻異常的聰明。白天，懂得隨血液循環躲在人體肺部血脈裡；晚上，才跑到皮膚的末梢血管，藉著蚊蟲叮人吸血傳播給他人。

一般而言，雄性熱帶家蚊，只靠吸取植物的汁液、或其他碳水化合物維生，而雌性熱帶家蚊為夜行性的昆蟲，日間性喜躲在室內的陰暗處，以吸取人類或牛、豬、狗、貓的血液過活。春、夏季節，每次吸血經過四、五天之後，便會找有腐植質的水域產卵，每次約兩百顆，相粘成塊，三十六小時內即可孵化為孑孓。產卵後的蚊蟲壽命較短，約為一個月；而秋、冬季不產卵，壽命最長可活五、六個月。換句話說，一隻雌性熱帶家蚊被飛進屋內，若沒有適時把牠撲滅，可有多次叮人吸血的機會，也就是可有多次傳播「血絲蟲病」的機會。

事實上，昔時農村普遍貧窮，居民生活困苦，家禽、家畜豢養在同一個屋簷下，糞便滿地、蚊蠅飛舞。特別是傳統三合院的房子，不但沒有紗門、紗窗，睡覺的地方也沒有蚊帳，夏天天氣燠熱，廂房內密不透風，往往找通風涼快的地方席地而睡，被蚊蟲叮咬，那是家常便飯，因而許多小孩子滿臉、滿腿，常留有蚊蟲叮咬後形成的「紅豆冰」斑痕，或發癢抓破皮生瘡流膿，司空見慣。因此，要根絕「血絲蟲病」，做好環境衛生工作，杜絕病媒蚊孳生，應是首要的課題。

的確，在實施「金門血絲蟲病五年防制計劃」之中，即採標本兼治、多管齊下的措施。除了積極到各村里採血

血絲蟲病患者服用海喘散實況。

找出帶原者，免費給予「海喘散」治療之外，自民國六十三年起，在全縣各村里設有三十七個消毒站，由防治小組提供「速滅松」等殺蟲劑，每週針對豬舍、糞坑、水溝等地噴灑三次，以消滅蚊子孳生源；同時，金門防衛司令部亦派遣十二人，在護國寺旁的「鼠疫防治處」成立消毒小組，負責防區消毒工作，主要為撲滅蚊蠅。

另外，為避免被蚊子叮咬，減少傳染「血絲蟲病」的機會，防治小組亦由台灣進口數千頂蚊帳，透過村里公所分發給轄區清寒居民使用。

「血絲蟲病」由熱帶家蚊傳染，而且，蚊子是在夜間叮咬，才會傳染病原。根據我們對帶原者進行採血實驗，如果在白天採血，則完全檢查不出任何「血絲蟲」的幼蟲。然而，從晚間八點之後，每隔二小時循序漸進做一次採血檢查，那麼，採血玻璃片上的「血絲蟲」數目，是一次比一次逐漸增多，高峰期落在午夜時分。

同樣的，過了午夜，再每隔二小時實施採血一次，那麼，採血樣本的「血絲蟲」數量，是一次比一次減少。而等到天色大亮太陽升起，所作的採血樣本，玻璃抹片上的「血絲蟲」數目又歸零。因此，晚間九點起至午夜時分，是採血的最佳時段，這就是為什麼檢查「血絲蟲病」一定要在夜間採血的原因。

■雙號夜採血，砲彈依然頭上飛

戰地金門的夜，似乎來得特別早，太陽一下山，夜幕立即籠罩下來，四野一片漆黑，只有風濤在木麻黃林梢呼嘯，平添幾許肅殺的氛圍。

「國、共」兩軍隔著金廈海峽對峙「單打雙不打」的年代，若逢日曆上「單號」的晚上，夜幕一低垂，對岸共軍的砲宣彈，便開始從廈門、大嶝、蓮河、澳頭、圍頭等地向金門島轟擊，通常是每個目標轟擊四至六發之後，便轉向下一個目標，直到過了午夜十二點成為「雙號」，砲聲方才歇止。

因為，共軍對金門實施砲擊，好像是愛怎麼打、就怎麼打，沒有一定的準則，讓生活在島上的居民，隨時都籠罩在挨轟擊的恐懼之中。甚至，共軍火網交織，偶而某個村落，同一晚遭受二次的砲擊，亦不足以大驚小怪，真的讓人防不勝防。

何況，砲彈不長眼睛，威力強大，誰倒楣被炸到，若非身首異處、血肉模糊，至少也是斷手斷腳，終身殘廢。因此，每逢「單號」夜晚，村民們都草草用過晚餐，趕快躲進防空洞裡，避免成為硝煙下的冤魂。

雖然，「雙號」晚上不會有砲擊，但是，島上沒有路燈，為減少暴露目標，嚴禁燈光外洩，家戶燈具都要加遮光罩，而且，所有車輛的頭前燈，上半部一律漆黑，以免道路、橋樑被鎖定成為砲擊的目標。畢竟，金門與大陸一水之隔，近在咫尺，島上軍民的一舉一動，皆在對岸共軍山頂觀測所掌控之中，豈能不小心防範？

尤其，為防止對岸共軍派遣的「水鬼」上岸摸哨，或進行滲透、破壞，夜間十點起至隔日清晨四時，全島實施宵禁，所有的交通要道皆以「拒馬」阻絕，荷槍實彈的衛哨兵嚴加把關，除非有夜間通行證，搭配「口令」通關密語，方准通行。否則，若是三道「口令」對不上，埋伏哨兵即可對闖關者格殺勿論。

曾經，有聾子夜行，途經管制哨，衛兵連下三道「口令」不見回應，即朝黑影連開數槍，聾子應聲倒地。同樣的，有耕牛放牧在埋伏哨附近的農田，夜裡牛隻走動，發出沙沙聲響，衛哨連下三道「口令」不見回應，槍彈立即朝聲響掃射，可憐耕牛一命嗚呼！

說得更明白一點，即使是沒有砲擊的夜晚，金門島上三步一崗、五步一哨，衛哨槍枝子彈皆已上膛，依然處處危機四伏，一般人都不敢隨便出門，普遍早早入睡保平安。

然而，當全島實施軍管宵禁的當兒，我們才摸黑出門到各村落採血，每每是到凌晨才收工，已是「單號」時分，對岸共軍打過來的砲聲此起彼落，常常從頭頂飛越臨空爆炸。

■缺少通信設備，夜間出門麻煩多

金門自民國三十八「古寧頭大戰」之後，國、共兩軍隔著金廈海峽重兵對峙，一邊高喊「解放台灣」，另一邊誓言「反攻大陸」，雙方劍拔弩張到民國四十七年，終於爆發「八二三砲戰」。在鏖戰四十四天期間，金門群島被共軍海空封鎖，一百五十二平方公里的土地，總落彈量高達四十餘萬發，沒有被共軍擊沉，也沒有被「解放」；經過相互喊話，開啟「單打雙不打」的長期對峙。

民國六十年十月，「聯合國」通過阿爾尼亞等國提議「中共入會」案，我國本著漢賊不兩立之立場，宣佈退出「聯合國」。因此，台海兩岸緊張關係升高，大戰有一觸即發之勢，金門島上不僅國軍部隊加強戰備，各村落的民防自衛隊也加緊挖戰壕、構築防禦工事，連金門高中的學生只上半天課，每天下午帶到野外作單兵攻擊基本教練，全民皆兵，時時備戰。

往後幾年，「國、共」兩軍對峙緊張氣氛仍然高張，除了「單打雙不打」的砲宣彈你來我往，雙方的空飄氣球、心戰喊話，也在空中交鋒。總歸一句話，兩岸關係緊張到極點，隨時可能再爆發毀滅性的大戰。因此，「單打雙不打」期間，「單號」晚上有砲擊，只能利用「雙號」晚上進行採血。

按照年度工作計劃，每次實施「採血」檢查之前，工作小組會先到村里公所抄錄受檢名冊，再行文請村里幹事、戰鬥村警員協助提供適當地點，由鄰長通知居民按時接受採血檢查。

一般而言，除非是當晚突然颳颱風、下大雨，才會臨時喊停，否則，工作小組均按表操課，每個「雙號」的晚上九點鐘，大夥兒分別提著採血箱——包括採血針、消毒棉花球、玻璃抹片，在醫院右側的停車場集合，搭乘金防部支援的中型吉普車前往各村落，每位工作成員分配一或二鄰進行採血。

依照計劃執行要求，採血率以百分之百為目標，如果採血率偏低，得自行安排時間補足，所以，如果鄰長安排的集中採血點，實際到檢人數太少，得請鄰長帶路，針對未到檢者，挨家挨戶敲門，一個個從睡夢中叫醒在廳堂採血，若遇行動不便或臥病在床的老人，則個別到床邊採血，希望「一個不漏、一個不錯」，人人受檢。因為，如果一個家庭有帶原者成「漏網之魚」，將會「星火燎原」，除了繼續傳染給家人，也會傳播給左鄰右舍，將使防治工作功虧一簣。

當時，金門島上私有汽車非常稀少，能有一部中古機車，已經非常拉風。同樣的，公有汽車也不多，金門衛生院在島上算是民間最大的醫院，除有一部新的救護車載運傷患，另一部老舊的救護車，則淘汰當作行政用車，然每次上路，常常該響的喇叭不響，而不該響的零組件，卻一路嘎嘎作響，甚至，常常半路熄火拋錨，還得找人幫忙齊力推著跑，才能重新發動引擎。

幸好，金防部支援一輛中型吉普車，並派出一名駕駛兵，全天候駐在醫院備勤，作為

「血絲蟲病防治小組」專用車。然而，夏天夜晚搭乘中吉普車出門，後車斗只有帳篷，飛馳在中央公路上非常通風，舒暢極了。

但是，冬季東北季風凜冽，每次出門，除要多穿衣服保暖，還得披上民防隊配發的軍毯防寒大衣。因為，每當中吉普上路，冷風就像刀子一般地颳在身上，儘管大家蜷縮在一起，依然冷得直發抖，大夥兒要一起高唱雄壯威武的軍歌，或正流行的電視劇主題曲「長白山上」，讓嘹亮的歌聲驅走寒意，暫時忘卻冷風肆虐。

當時，沒有手機，工作成員摸黑出門，分配在不同的鄰里和村落採血，抵達目的地時一個個下車，回程得事前約定，工作結束時在某個地方候車，倘若遇到突發狀況，麻煩可就大了。

有一次，我分配在西浦頭，車子是從安岐進去，約定工作完成時，在村郊的土地公廟候車。大約在午夜十一點半之前，我即完成工作，持著手電筒徒步到土地公廟，等呀等！等過凌晨時分，車子就是遲遲不來；盼呀盼！盼不到中吉普的車影，然對岸共軍的宣傳彈，砲聲已此起彼落，心裡開始著急，也開始害怕。

其實，心裡害怕的，不是共軍打過來忽遠忽近的砲宣彈，而是三更半夜，荒郊野外一片漆黑，獨自一人在小廟，冷風在樹梢咻咻作響，夜梟此起彼落哀鳴，平添無限恐怖的氛圍。

尤其，暗夜獨自佇立的地方，正是「古寧頭大戰」屍橫遍野的戰場；據說，當時九千餘共軍分乘兩百餘艘大、小船隻，強行在古寧頭岸際登陸，遭國軍二〇一師部隊迎頭痛擊，雙方激戰五十六小時，最後，三千餘登陸共軍被殲滅，五千餘人被俘，雖然，國軍打了大勝仗，卻也有一千兩百餘官兵壯烈成仁，總計有四、五千人成槍下冤魂。

而從古寧頭海灘至西浦頭一帶的田野，就是主要的戰場，包括國軍上校團長李光前，亦在西浦頭村郊中彈為國捐軀。據說，由於不幸戰死的兵士屍橫遍野，大都就地掩埋，冤死官兵陰魂不散，入夜之後，西浦頭的村民常聽到「夜兵」操練的聲音，而且，燐火飛舞、犬隻嗚嚎，村民驚恐不已，經求助廟裡王爺，始知陣亡將士孤魂無所依託，宜建廟奉祀英靈，以護國佑民，安定地方。

於是，鄉老發起於李光前中彈殉國處建廟，起初稱為「軍府爺廟」，廟建好之後，果然，「夜兵」操練的聲音不見了，而且，此後威靈顯赫，善男信女有求必應，終年香火鼎盛。民國六十五年，有感於「軍府爺廟」狹小老舊，地方上又發起募捐，擴大建築規模，並更名為「李光前將軍廟」，奉祀將軍著戎裝的塑像供軍民瞻仰膜拜，紀念英靈浩氣長存，以安定民心，福佑地方，並成為島上重要的觀光景點。

記得那天晚上，我在村郊的土地公廟痴痴的等，直到凌晨二點多，才見中吉普車姍姍來遲，原來是車子半路拋錨，大夥兒一起推車，搞了大半天，好不容易才重新發動引擎。

本來，我憋了一肚子怨氣，但看到大夥兒人人滿頭大汗，還氣喘吁吁，內心的怨氣自然煙消雲散，回家的路上，大夥兒再高唱「長白山上」，讓歌聲迴盪在中央公路的夜空。

■宵禁遇天兵，有理講不清

戰地金門夜間十時起，即全島實施軍管宵禁，所有的交通要道皆用「拒馬」阻絕，荷槍實彈的衛哨兵嚴加把關，除非有夜間通行證，方准通行。

當然，為根除「血絲蟲病」，確保金門軍民健康，鞏固國軍戰力，我們必須於宵禁時間出門「採血」，是以，金防部特別核發一枚「夜間通行證」給防治小組，由「老芋」薛德成保管。

也許，我們常常夜間通行，且宵禁的衛哨站，也由固定的連隊士兵把關，所謂「一回生、兩回熟」，是以，許多衛哨看到我們的車一到，經常自動拉開拒馬，揮舞手電筒的光炬，指揮讓我們快速通過，連「夜間通行證」也不必檢查，備受禮遇。

唯獨有一次，在一個寒冷的深夜，採血歸途經過榜林圓環，衛兵把我們攔下，駕駛兵拿出「夜間通行證」讓他檢查，只見他端詳了許久，突然退後二、三步，並立即猛拉槍機，用槍瞄準駕駛兵大喊：「不許動，把手舉起來！」

也許，衛哨是「菜鳥」新兵，當他檢查過「夜間通行證」後，再用手電筒採照後車斗，發覺情況不太對勁，狐疑為什麼三更半夜，軍用車輛竟載著十幾個「活老百姓」，而且，不穿軍服的老百姓，卻人人裹著軍毯防寒大衣，真的太奇怪了！大敵當前，莫非其中有詐？懷疑可能是共軍「水鬼」滲透上岸，於是，除了自己拉槍機，也呼叫同僚子彈上膛，好似如臨大敵，進入戰鬥狀態。

的確，瑟縮在後車斗裡，我清楚地聽見周遭也傳來拉槍機的聲音，畢竟，大夥兒都是自衛隊員，蒙著眼睛都能在短短半分鐘之內，完成步槍拆解、組合，再拉槍機、扣扳機擊發，可以說人人訓練有素，個個是五項戰技好手，對拉槍機的聲音並不陌生。但是，遇到慌張的士兵，心裡確實有點害怕，真怕亂槍掃射，大家死得不明不白。

事實上，部隊裡很多抽中「金馬獎」的充員兵，他們從新兵中心分發下部隊，被帶到高雄搭上登陸艇到金門，隨時可能戰死沙場，離開家人至少是兩年，心裡最大的渴望就是平安退伍。何況，平時長官為了易於管教，希望小兵不要亂跑、不要隨便迷戀金門少女惹出感情糾紛，常常恐嚇「那個村落是匪諜村」、「那個村子有仙人跳」，因此，當士兵發現可疑，先擺出陣仗保護自己，特別是站夜哨，傳聞對岸的「水鬼」會上岸摸哨，殺頭或割耳朵，豈能不小心謹慎？

說真的，遇到類似的情形，我真的有點怦然心跳，而這個當兒，我發現駕駛兵不但不慌張，反而很鎮定：

——阿連記，看乎清楚，阮是金防部！

驚慌的衛哨兵聽出台話口音，又被稱作「阿連記」，因台灣曾被日本佔領五十年，尊稱別人為長者或老大哥，都叫「阿連記」。衛兵大概是覺得頗親切，終於放下瞄準的槍枝，又靠近駕駛兵。同時，其他的衛兵，有繼續持槍戒備，也有用手電筒在後車斗探照搜查，發覺我們並沒有攜帶武器，心防鬆懈不少。

雖然，費盡口舌解說，衛兵仍不放行，因為，他認為：一部車輛，要一張通行證，而且，每一個人，也都各要一張通行證，否則，通通扣留，不准通行。

最後，衛哨的連長來了，才下令放行。大寒夜莫名被扣留一個多鐘頭，在馬路上喝西北風受凍，真是「秀才遇到兵，有理講不清」，只能徒呼負負！

■採血針砭會痛，拒檢問題多

海島的金門，冬天的夜裡特別冷，我們常裹著軍毯防寒大衣出門採血。

然而，金門是戰地，居民日常生活，不但沒有夜市可溜達，更嚴禁燈光外洩，入夜到處是一片漆黑。尤其，金門沒有電視轉播站，就算能買一台黑白電視機，架著高聳天際的魚骨天線，了不起只有台灣海峽風平浪靜的日子，才能勉強看到節目。所以，不躲防空洞的「雙號」夜晚，居民沒有什麼消遣娛樂，大家吃過晚餐無所事事，普遍早早躲進被窩裡夢周公。

因此，深夜我們出門採血，絕大多數的居民已進入夢鄉，特別是天氣寒冷，很多人懶得起床接受針砭採血。於是，在採血率偏低的情況下，只好由鄰長帶著挨家挨戶敲門，但每每敲門大半天，若不是吃閉門羹，就是飄來一陣「心不甘、情不願」的白眼。畢竟，那麼冷的寒夜，誰願從暖烘烘的被窩裡起身接受針砭？說真的，倘若是我，心裡也有十個、百個不願意！

的確，在採血過程居民不願配合，最棘手的，首推三更半夜擾人清夢，其次，是針砭會痛；特別是針砭會痛，許多人以各種理由拒絕受檢，以致受檢率偏低。因為，當初「五年防治計劃」實施開端，即奉令「只許成功、不能失敗」，因此，「金門戰地政務委員會」唯恐計劃無法如期完成，乃下令未接受「血絲蟲病」檢查者，不能申請「出入境證」，也就是不能到台灣，必須由「血絲蟲防治小組」出具已檢驗的證明，才准成行。

雖然，戰時的金門，實施「戰地政務」軍管，司令官集黨政軍一元化領導，每一句話都是命令，島上無分軍民，人人遵行。為了消滅「血絲蟲病」，確保軍民健康，「政委會」不惜祭出未檢查者，不准出境到台灣，但仍有許多人不願受檢，理由林林總總，茲舉例如下：

曾經，有人表示：「反正，我一輩子沒去過台灣，以前沒去過，以後也不會去，所以，我不想檢查。」

遇到類似的民眾，真的是令人好氣又好笑，但我們仍會委婉相勸：檢查「血絲蟲」病完全免費，主要目的是要找出帶原者，免費給予藥物治療，防止相互傳染，維護大眾的健康，特別是「血絲蟲病」常常是自家人傳染給自家人；若是家中有人未接受檢查，等於家裡留著傳染病原，隨時會傳染給大家，一旦染病發作，出現「大腳銅」、「臭腳皮粘」、「乳糜尿」等等症狀，後悔就來不及了。

另外，也有人表示：「我是吃長齋的，血液很清，不可能有血絲蟲！」

不可否認，幾千年來，古老的中國人們崇天敬神，深信天有神、地有鬼。特別是閩南地區，只要有人住的聚落都建廟宇供奉神靈，其目的在規範人心，導引人性向善，所謂「人間私事，天聽如雷，暗室虧心，神目如電」，每一個人舉頭三尺有神明，一言一行都赤裸裸呈在文武判官面前，因果會輪迴，善惡到頭終有報！

尤其，金門島自古即有「仙山」、「佛地」傳說，無分大村小村都建有廟宇，供奉忠孝節義先聖先賢，福祐子民；何況，廟宇神靈是村民精神支柱和行為規範，比諸法律更是有過之而無不及。所以，很多人認為心存善良，就不會遭天譴，以致誤為吃齋茹素，不殺生，就不會感染「血絲蟲病」。事實上，吃齋拜佛的人，照樣會被蚊蟲叮咬，只要被蚊蟲叮咬過，都有可能感染「血絲蟲病」。

同樣的，也有人表示：「我是老酒鬼，血液裡都是酒精，怎可能有血絲蟲？」

是的，金門盛產高粱酒，名聞遐邇，尤其，傳統習俗，無論是娶媳婦或嫁女兒要喝酒、生辰壽誕要喝酒、喬遷開市要喝酒、添丁晉爵更要開懷暢飲，甚至，酒席上雞頭、魚尾對到誰，就得乾一杯。所以，有許多喜好杯中物的饕客，遇到要檢查「血絲蟲病」，常常自詡身體血液裡流著是酒精，「血絲蟲」不可能在他身上存活。

當然，百分之七十五濃度的酒精能消毒殺菌，但酒類喝進肚子裡，會被肝臟分解，不會直接進入血液裡「殺蟲」，因此，遇到類似的情形，我們除了勸導酒喝多了，會傷肝、傷身，也說明喝酒不能消滅血液的「血絲蟲」，唯有「海喘散」特效藥才有用，請接受免費檢查，如果血液裡有「蟲」，也是免費給藥治療。

此外，也常遇到老年人表示：「都快一百歲，已在棺材徘徊，快死的人檢查又有何用？」

其實，嬰兒出生後，就會被蚊蟲叮咬，就會感染「血絲蟲病」，滿一足歲即能檢查出是否被感染，而長命百歲的人瑞，活在世上時間較久，被感染的機會相對高出很多，特別需要接受檢查，以免傳染給兒孫。遇到類似的情形，我們會不厭其煩的加以勸導，建議最好多留些智慧或金、銀、財、寶給兒孫，千萬不要把病留給家人。

也許，昔日教育不普及，年紀大的人，普遍都沒有進過學堂，知識水準相對較低，容易迷信。曾經，有人指著我大罵：「你眼睛瞎了嗎？沒看到我媳婦懷有身孕，用針砭她若動了胎氣，你負得起責任嗎？」

的確，古時候，人們相信嬰兒的誕生，皆是「註生娘娘」所賜；同時，也相信婦女懷孕時胎神便存在，生活中必須處處小心謹慎，不能任意在房間內釘鐵釘、鑿洞、剪布、張貼、綑綁、切割、或移動傢俱，以免觸怒胎神。假如不小心「動了胎氣」，得趕緊請法師、道士畫符張貼在床頭安撫胎神，或燒化成灰配水服用，以保佑腹中胎兒平安。

此外，人們還相信睡覺的床也有神，通稱為「床母」，特別是嬰兒出生後都在床鋪上，若是經常啼哭，普遍認為那是「床母」不高興，每逢初一、十五及年節都要祭拜，嬰兒才能平安、順利成長；同樣的，如果嬰兒睡覺時，自己發出陣陣微笑，也認為那是「床母」在調教戲弄；甚至，嬰兒身上的胎記，也認為是「床母」做記號，各種穿鑿附會的說法在民間流傳，人們深信不疑。

畢竟，過去醫藥不發達，沒有超音波等先進科技產檢，手術設備付諸闕如，鄉下人家普遍沒有產檢，通常都在裡家生產，沒有醫生和護士接生；所以，婦女懷胎只好聽天由命，若是發生子宮外孕、或胎位不正，往往造成難產或血崩，親人眼睜睜看著孕母痛苦掙扎，大家束手無策，沒有人能給予協助，最後，十之八九帶著胎兒含恨而終。

認真說，婦女懷胎本來就很危險，得處處小心謹慎，關係母子生命安危，過去是如此，現在也一樣，何況，即使懷胎十月嬰兒順利呱呱墜地，母子均安，實在是一件不容易、也很了不起的事，但由於華夏民族特別重視傳宗接代，無論王侯將相，或庶民百姓，媳婦進門之後能否弄璋生男，關係其在家族的地位，以及自己未來的幸福，所以，人們把「天官賜福神、土地公、註生娘娘」奉為三大主神膜拜，祈求人生「福、祿、壽」三大願望。

因此，遇到類似被指著鼻子大罵，我們不能生氣、也不敢生氣，除了更加委婉地解說，孕婦接受砭針採血，不但不會動到胎氣，反而有助母子的健康，因為，孕婦也會感染「血絲蟲病」，雖說不會由母體垂直傳染給子女，但最好接受檢查，否則，母親若是帶原者，嬰兒出生後長期睡在一起，容易傳染給孩子，可能影響孩子一生的幸福。當然，「血絲蟲病」算是傳染病，依規定一足歲以上的人都應受檢，但終究還不算是惡性、或有立即危險的傳染病。所以，遇到堅決不願受檢的孕婦，我們只能尊重其意願，給予更多的祝福。

也許，我加入「血絲蟲病」防治小組，已是計劃實施的第三年，也就是很多人已檢查過三次，因此，更多人不願接受檢查，共同的理由是：「去年已檢查沒有蟲，今年幹嘛還要再檢查？」

遇到類似的情形，我們只能一遍又一遍的解說：「血絲蟲」會相互感染，而且感染一年之後，才能生產幼蟲，所以，去年檢查為陰性不帶原，隔年並不一定能保證不被感染，還是接受檢查比較安全。

■拒檢問題多，上村里民大會宣導

綜觀採血過程，諸多民眾不願配合檢查，在在說明我們宣導工作做得不夠徹底，值得再加強。

有一天，院長趙金城特別召見我，交付一項特別的任務，要我上村民大會以閩南語作五分鐘的「血絲蟲病」防治宣導，指示先草擬講稿，三天後安排試講。

接獲院長的命令，我心裡忐忑不安，因為，在工作小組之中，我算是遞補的「新兵」，無論年齡與資歷，皆為最淺的「菜鳥」，衡情論理，這項特別的任務，再怎麼也不會落到我頭上，再說，要以閩南語發音，也增加一些音義上的難度，但院長親自召見交付任務，豈能推拒？

於是，我小心翼翼草擬上台宣教講詞，並製作一塊看板，張貼「象皮腿」、「臭腳皮粘」、「巨卵症」等照片當輔助教材，依限到院長室試講，想不到院長聽後，針對部份細節略作修正，特別交代我上台之後，要慢慢講，不要緊張，希望透過村民大會宣導，讓更多人認識「血絲蟲病」，樂於配合接受檢查，以便順利把流行在金門百年以上的疾病消滅，共同維護居民健康。

幸好，配合村民大會行程，金門衛生院同時作「家庭計劃」宣導，也是五分鐘，由資深護士李景華小姐擔任，每次都是由她先上台，右手拿著保險套，慢慢套在左手的食指與中指，教導民眾應注意哪些要領，才不會破裂，擴大宣導「兩個孩子恰恰好，男孩女孩一樣好」的節育政策。因此，每次均由醫院派車，載著景華姐與我，巡迴大、小金門村里民大會。

當時，沒有「麥克風」，上台宣導完全用自己的嗓門；在那民風保守、知識貧乏的年代，家家戶戶孩子一大堆，每對夫妻至少生六、七個孩子，甚至，生「一打」、「一斤」者也大有人在，絕大多數的村夫村婦，不知道保險套是什麼東東，當有人公開拿著在台上，表演說明那檔子事，確實是一件很新奇、很勁爆的話題，難怪每次景華姐一上台，全場鴉雀無聲仔細聆聽，注視著保險套使用的每一個動作。

因為，每次我都是隨景華姐之後上台，每當我上台張開輔助教材，展現大卵芭、大乳房、象皮腿等「血絲蟲」病例照片，台下的村民，又是一陣騷動，隱約可聽到男性村民驚呼：「這個會更精彩！」無怪乎當我在台上宣導，也不時獲得熱烈的掌聲。

■捕抓蚊子，解剖檢查

「血絲蟲病」證實在金門流行已有百年以上的歷史，主要靠夜間「採血」，從玻璃抹片檢查出帶原者。此外，也可利用捕捉蚊子解剖，追蹤感染病例；所以，防治工作小組也常在大白天，安排到各村里家戶捕捉蚊子。

我們使用的捕蚊器很簡單，以一支長約五十公分的玻璃管，銜接橡皮軟管與吸嘴，玻璃管中間放置空氣過濾棉。出門捕蚊之前，我們購買許多大同電鍋量米塑膠杯，捕蚊時，口含吸嘴，將玻璃管慢慢伸抵蚊子背後，鎖定目標後用力一吸，蚊子即應聲入管，再吹進事先準備封好紗網的量米杯裡，詳細寫明門牌號碼及捕捉日期，帶回檢驗室在顯微鏡下進行解剖。

通常，至各村里捕蚊之前，也會先以公文通知村里公所，屆時請求村里幹事協助，再由鄰長和屋主陪同進入各家戶房間，從蚊帳裡尋找吸過血的蚊子。有時，一張蚊帳裡可捕捉數十隻蚊子，而一隻蚊子的腹腔裡，可解剖檢查出數條或數十條「血絲蟲」，一條條在顯微鏡下蠕動，確實非常嚇人。

依照作業流程，當我們從捕捉回來的蚊子檢查出「血絲蟲」，將針對該戶人家與左鄰右舍，另行安排夜間「採血」複驗，以確定誰是帶原者，以便進行投藥治療。

值得一提的是，一般居民除了拒絕採血，也不歡迎我們進入屋內捕捉蚊子，常常有人看到我們到來，緊張得大喊「抓蚊隊來了！趕快拿噴效來！」

原來，村民怕家裡的蚊子被檢查出有「血絲蟲」，還要接受補採血檢查，更要連續二週服藥，所以，當房間裡噴滿濃厚的殺蟲劑味，自然抓不到蚊子，類似錯誤的舉措，實在讓人好氣又好笑，卻也無可奈何。

■檢查出感染病例，投藥治療

每次深夜外出採血，回到醫院幾乎都已超過凌晨時分，大夥兒早已精疲力竭，安置好採回的血片，也該歇息了。

隔日早上，依照作業程序，先將血片浸水脫去血紅素，再將血跡染上淡藍色，待乾燥之後，即可一片片放置於顯微鏡下詳細檢查。

一般說來，工作小組採回來的血片，得自行個別處理檢查，發現為陽性帶原的血片，假如蟲數較少時，以心算計數即可；若是蟲量太多，就必須以計數器，每發現一條蟲，即按一下依序累計，而且，要重複檢查二次，務求數字真確，不容敷衍了事。

此外，為求慎重起見，徐主任會把每個成員採回的血片，全部重新檢查一次，所以，只要是帶原者，大抵都會被檢查出來，鮮少有「漏網之魚」。

當採血抹片檢查出帶原者，我們會於白天先安排個別拜訪，洽詢最方便的時間，由金防部支援的藥師蔡鶴聲或陳文博陪同投藥。比如說，帶原者係朝八晚五的上班族，將安排在下班時段投藥，因治療「血絲蟲」的特效藥「海喘散」，價格不便宜，且需連續服藥二週，劑量由少逐漸增加，每天只給當天的藥量，當面看患者服用，否則，很多患者會偷偷將藥品丟棄。

因為，根據范教授研究報告指出，「海喘散」殺蟲效果雖好，但副作用也不小，患者一經服用，可撲殺體內百分之五十的寄生蟲，但遭撲殺的蟲體蛋白，會滲入人體血液中，將引發患者頭痛、腹痛、關節痛、胸痛、嘔吐、出疹、耳鳴、淋巴腺腫痛等症狀，使人發燒全身疲倦無力工作，導致許多感染者拒服藥物，或逃避採血檢驗，使防治成效大打折扣。

■餵蚊子吸血，精神可佩

在「血絲蟲病」防治計劃執行過程中，只要發現是陽性反應的帶原者，我們均儘快安排投藥療程，以迅速消滅病原，杜絕傳染給他人。

唯一有個案例，情況非常特別，我們希望暫緩投藥治療，藉以供蚊子吸血，作為醫療與藥品研究。因為，他血液中的「血絲蟲」數非常高，且是獨居的老榮民，住在金湖公墓後方的獨立農舍，四週並無其他人家，比較沒有傳染給他人之虞慮，而且，防治小組願為他裝修紗窗、紗門，並購置蚊帳，做好防範被蚊蟲叮咬的措施。

經徵詢其本人意願，老榮民欣然同意，表示年輕時獻身軍旅，歷經抗戰打過日本鬼子，也參加過金門「八二三砲戰」，早該戰死沙場，如今苟且偷生之軀，還能供醫學研究，有什麼好猶豫的呢？於是，他老兄毫不猶豫地立即簽了同意書。

因此，我們按照計劃，先到水溝撈捕孑孓，養在罩著紗網的水族箱裡；孵化成蚊之後，挑出二十餘隻雌性熱帶家蚊，儲放在裹著紗網的量米塑膠杯裡，並以黑布幔蒙著，等待台灣研究人員前來進行吸血試驗。

果然，隔天是「雙號」，台灣的研究人員來了，夜晚十點鐘左右，我引導金防部支援的駕駛兵，中吉普車經過金湖公墓，再徒步走過蜿蜒的小路，把獨居的老榮民接到醫院，帶進一間舊病房裡，讓他躺在一張病床上，研究人員將二個儲放蚊子的量米杯口，用膠帶分別緊貼在他的左右大腿上。由於量米杯內的蚊子，早已飢腸轆轆，隔著一層紗網直接接觸到皮膚，能大快朵頤好好吸血飽餐一頓。

老榮民靜靜地躺著，悠閒地吸著香煙，約莫半小時的光景，研究人員取下粘在他腿上的塑膠杯，但見吸過血的蚊子，一隻隻肚子圓滾滾，就等著接受解剖試驗了。

按照當初的約定，餵一次蚊子，代價是一千五百元，對照當時約聘人員，月薪是二千三百一十元，在醫院搭三餐全伙是三百元，而餵一次蚊子，就有一千五百元的收入，著實讓很多人欣羨不已。

老榮民餵過蚊子之後，隨即進行投藥治療。很多年之後，我常在街上遇到他，每次腦海裡皆浮現載他餵蚊子的情景，幸好，他的身體未發病，沒有任何「血絲蟲病」的症狀。

更意外的是，當時，島上戍守十萬大軍，男多於女，一般人想結婚，即便是年輕小伙子都難上加難，可是，他老兄竟也娶妻成家，脫離單身一族，從金湖公墓後方的獨居農舍，搬到山外村住在小閣樓裡，生活幸福美滿，真為他感到高興！

■烈嶼試用藥鹽成效良好

治療「血絲蟲病」的特效藥「海喘散」，係由瑞士進口，價格並不便宜，完全免費發放給患者服用。

雖然，「海喘散」免費發放，但因服藥期過長、民眾配合度低，且最大障礙在於藥物有副作用，導致患者害怕拒絕服用或逃避採血檢驗，使得防治工作遇到瓶頸。

因此，范秉真教授參考國外經驗，決定將「海喘散」加入於食鹽之中，製成藥鹽，於民國六十三年七月一日起，免費發給小金門的民眾食用，無論成人或小孩，每人每月發給一磅，連續發給六個月，期間嚴格管制一般食鹽進入小金門，商店或市場亦嚴禁販售。畢竟，當時金門實施軍管，「政委會」一道命令，軍民一體適用，人人遵行，沒有人敢輕易打折扣，所以，無論有沒有感染「血絲蟲病」，一律食用藥鹽，以廣收預防效果。

然而，「海喘散」製成藥鹽，在國外僅供患者食用，所以，在小金門無論是否感染，一律食用藥鹽的做法，曾一度引起醫學界的疑慮，甚至，連時任行院長的經國先生，也曾擔心詢及：「會不會吃出問題來？」

其實，范教授早就查遍文獻，「海喘散」撲殺的「血絲蟲」，蟲體死亡後蛋白滲入血液中，會造成負荷產生副作用，然而，正常人服用後沒有蟲體蛋白滲入血液中，自然不會產生副作用，才敢出此險招。

根據調查顯示：未實施藥鹽計劃之前，小金門地區的「血絲蟲病」感染率為百分之九點六，食用藥鹽四個半月時，發現感染率已直線下降至百分之〇點三。最

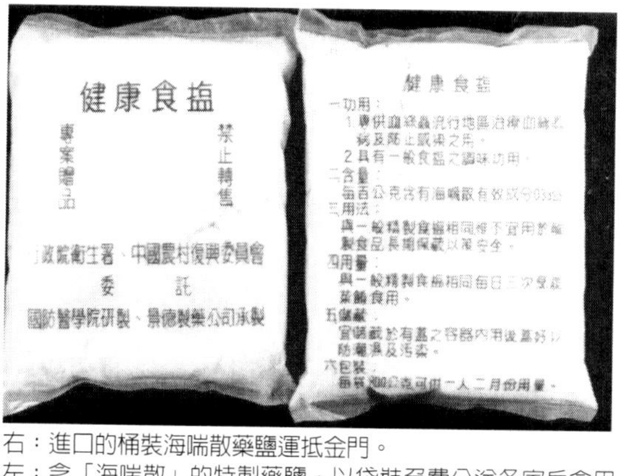

右：進口的桶裝海喘散藥鹽運抵金門。
左：含「海喘散」的特製藥鹽，以袋裝免費分送各家戶食用。

後，為期半年試行計劃結束，感染率已降至零，成效超乎預期，令工作小組興奮不已。

范教授為求慎重其事、小心求證，於食用藥鹽一年後及二年後，各全面採血檢查，結果感染率均為零，顯示試驗效果非常良好，也沒有任何不良反應。

■大金門比照辦理，也實施藥鹽計劃

大、小金門一水之隔，約莫十五分鐘的渡輪航程，兩地居民往來頻繁，關係密不可分。

小金門全面實施藥鹽計劃之後，「血絲蟲病」完全根絕，而大金門自民國六十一年七月，正式實施普遍採血檢查及病例投藥治療，迄六十五年底為止，感染率已從百分之十，降到百分之〇點六五，成效還算不錯，但較諸於小金門實施藥鹽計劃，成效仍有一段差距，為防止大金門的帶原者，再傳染到小金門，於是，決定再斥資訂製藥鹽，在大金門全面實施。

本來，按照原訂計劃，大金門自民國六十六年元月起實施，但由於藥鹽係自國外進口，因運輸過程延宕，遲至同年

桶裝藥鹽準備運往烈嶼。

二月十四日首批藥鹽運抵金門，又因農曆年關腳步逼近，礙於民間習俗，工作小組先作協調及宣傳，直到農曆春節後的三月十日才全面實施。

同樣的，大金門實施藥鹽計劃，每人免費發放二四〇〇公克藥鹽，可供六個月食用，此外，機關、學校、團體伙食團另外加發。並協調各警察所，嚴格管制市場進口食鹽，勸導商店將所剩食鹽全部封存，暫停出售。

當然，由於大金門已實施四年採血與投藥治療，很多人知道服用「海喘散」會引起副作用，以致實施藥鹽計劃之初，部份民眾心有疑慮，所幸藥鹽含藥量甚微，副作用並不明顯，而且，計劃實施之初，工作小組即密切注意，分別在各鄉鎮自然村明察暗訪，均未發現任何副作用的現象。

大金門實施藥鹽計劃三個月之後，工作小組在四個鄉鎮二十八個自然村，完成八千六百零三人採血檢查，結果僅發現二個感染病例，感染率已從百分之零點六五，降為百分之零點零零二，成效非常良好。

最後，大金門為期六個月藥鹽計劃完成，在四鄉鎮四十八個自然村檢驗成果，合計對九千零五十一人進行採血檢查，結果均為陰性，感染率降為零。半年後，再進行追蹤調查，針對四鄉鎮四十個自然村，合計八千九百四十八人進行採血檢查，結果也均為陰性，感染率仍為零，證明藥鹽計劃成效卓越，流行金門百年以上的「血絲蟲病」，正式宣告絕跡。

■范秉真教授，榮獲全國醫療奉獻獎
——特殊貢獻獎

范秉真教授出生窮苦農家，原立志當醫師，卻因中華兒女全面對日抗戰軍興，響應「一寸山河一寸血，十萬青年十萬軍」投身軍旅，國防醫學院畢業後，獲留校擔任寄生蟲研究，軍人基於服從天職，不能實際從事臨床醫療工作，雖有遺憾，卻無法拒絕。

范教授隨軍來台之後，投身台灣地區寄生蟲醫學研究，其中，自民國四十年起進行「血絲蟲病」研究與防治，經過近三十年不眠不休的努力，終於成功將流行在金門百年以上的「血絲蟲病」根絕，同時，自民國四十三年到七十一年間，篩檢、治療學童寄生蟲病達四萬餘人，成績斐然。

范教授根除金門血絲蟲病，貢獻卓越，獲金防部司令官馬安瀾上將頒贈榮譽勳章。

此外，自民國七十一年起，翻山越嶺遍訪台灣山地部落，進行絛蟲調查研究，一面調查、也一面對患者投藥治療，前後共花費六、七年的時間，總計為七族原住民近三萬五千患者驅蟲治療。而且，經研究發現，證實台灣山地原住民的絛蟲病罹患率約為百分之十一，不如國外報導那麼高，尤其，范教授發現台灣條蟲與教科書的描述並不同，經與韓國、印尼學者合作研究，證實亞洲流行的條蟲是無鉤條蟲的新亞種，因而定名為「台灣無鉤條蟲」，改寫台灣條蟲百年來的醫學理論，證明「亞洲條蟲」為新亞種，成就享譽國際。

事實上，范秉真教授鑽研寄生蟲近半世紀來，無論在公共衛生或學術研究上的成就，均獲得高度肯定，雖然事與願違，不能實際在診療間為病患療傷止痛，但從事寄生蟲研究調查，經他治療或因研究而受惠的患者，早已超過任何臨床醫師，民國八十五年，終於獲頒全國第六屆醫療奉獻獎——特殊貢獻獎。

其實，范教授無私無我、犧牲奉獻的精神更令人敬佩；因為，他把全部心神投注在寄生蟲研究，每天至少工作十四小時以上，且四十餘年如一日，連星期例假日也照常工作，實驗室總是最晚熄燈，頂多只有農曆過新年休息一、兩天，休閒娛樂對他來說，是既遙遠、又陌生。

更難能可貴的是，范教授淡泊名利，從不填計加班費，兩袖清風，居住在簡陋的眷舍，「一簞食、一瓢飲」，從來不交際應酬，無論平日居家或出門在外上餐館，餐點非常的

范教授夫妻鶼鰈情深，家庭生活幸福美滿。

簡單，除了餃子，還是餃子，從不為飲食傷腦筋，把所有時間、精神都省下來，統統投入寄生蟲研究工作。

所謂「成功的男人，背後都有一位偉大的女性」，范教授任職陽明醫學院期間，每日清早搭校車通勤上班，但專注研究工作，常常忙到三更半夜，校車早已停駛，公車也已收班，幸好夫妻鶼鰈情深，夫人常常無怨無悔地深夜開車載送。但多年來，夫妻倆未曾一起上館子、或看一場電影享受生活情趣，甚至，范教授曾語帶愧疚慨嘆：「從來沒有抱過兒子！」由此可見，能在家人的包容與支持下，才能全心投身研究工作，榮獲全國醫療奉獻獎——特殊貢獻獎，應是實至名歸，范夫人更是幕後功臣。

■根絕金門百年血絲蟲病，僅花八百五十萬元

綜觀「金門血絲蟲病防治計劃」，自民國六十年八月一日籌備階段起，加上五年防治計劃，迄民國六十七年六月三十日止，前後歷經六年，在各界的支持協助下，工作小組日夜奔波，島上居民「血絲蟲病」感染率，由百分之十四降為零，讓流行百年以上的疾病完全根除，包括由國科會支援小金門的藥鹽計劃經費，總計新台幣八百五十餘萬元，以當時金門的平均人口數計算，每人僅花費新台幣一百四十一元，卻能造福金門鄉親，范秉真教授與徐郁坡主任的犧牲奉獻，不計個人安危全心投入，確實是「功在金門」，值得敬佩與感念。

當然，流行金門百年以上的「血絲蟲病」能順利根除，歸功於衛生署、農復會、聯勤總部、國防部及金防部軍醫組、與金門衛生院同仁的鼎力支持協助之下，特別是村里幹事、戰鬥村警員和鄰長，從採血造冊、場地安排、與噴藥消滅孑孓，以及低收入戶蚊帳調查、分配，甚至是後期的藥鹽分送，他們任勞任怨、默默犧牲奉獻，功不可沒！

歲月悠悠，當年敵人砲火下採血的情景，雖事隔三十餘年，迄今依然歷歷如繪在腦海深處，唯一讓人感傷的是，范秉真教授與徐郁坡主任已先後去了天國，所幸，值得堪慰的是，當年的工作小組成員，在計劃結束之後各奔前程，仍時時秉持他倆「犧牲奉獻、服務人群」的精神感召，人人奮勵向上，在各個領域嶄露頭角，繼續貢獻一己之力，成就令人刮目相看！

發現風獅爺

■我在風獅爺公園

時間：民國九十六年五月

民國九十六年五月，我奉調接任環保局第一課課長，所轄業務除了一般行政的總務、採購、綜合與財產、檔案管理之外，更重要的業務是：「空氣污染防制」。

「空氣污染防制」業務包羅廣泛，天上飛的飛機噪音、地上爬的汽機車尾氣排放、工廠場排放污染物種類及來源、餐飲油煙與異味、營建工地及道路粉塵逸散，以及基地台電磁波等防制業務。此外，還有公害陳情、環境影響評估，甚至，佔地二十三點九五公頃的「尚義環保公園」管理維護，也是承辦業務之一，因此，經常要到園區裡走走，看看植栽綠美化相關業務推展概況。

話說「金門尚義環保公園」，原址於四十年代「戰地政務」時期，是一座軍用靶場，由於地層下蘊藏豐富的白瓷土，且品質優良，是燒製陶瓷藝術品的絕佳材料。當時，金門民生物質悉由台灣進口，幾乎沒有什麼農、工產品可回銷，以致民間商船滿載貨物運來金門，回航時船底貨艙空空如也，吃水太淺在台灣海峽遇風浪易翻覆，必需灌進海水穩定重心，以確保海上航行安全。因在料羅和尚義地層發現瓷土礦，為充裕地方財源與增加就業機會，政委會特成立瓷土開採班，讓商船載運銷往台北鶯歌一帶。

民國五十一年，金門防衛司令官王多年為繁榮地方經濟，增加青年就業機會，繼胡璉將軍在金門城南門外成立九龍江酒廠（金門酒廠）之後，亦在金湖鎮的漁村成立「金門陶瓷廠」建窯燒瓷，草創之初以製碗為主，隨後改燒製金門酒廠的各種瓷瓶，讓金酒名瓷相得益彰，名滿天下！

然而，尚義礦坑開採完瓷土之後，環境生態遭到嚴重破壞，不但坑坑洞洞滿目瘡痍，且表土流失寸草不生，風起塵揚影響居民生活品質，更因位於尚義機場大門前，對金門結束軍管推展觀光來說，在視覺上確實有礙觀瞻。

有鑑於此，民國八十一年金門終止「戰地政務」實驗，地方熱心人士積極奔走爭取，經過多方努力遊說，終獲環保署補助新台幣一億八千萬元，計劃將尚義荒廢的瓷土礦坑復育為「空品區」——空氣品質淨化區，透過廣植花草樹木綠美化，以提昇環境景觀，改善空氣品質，維護水土資源永續利用，進而做為生態與環境教育的場所，兼而為地區增添休閒遊憩景點。

依照「尚義環保公園」規劃設計，全區分為：解說中心、大型風獅爺區、景觀區與島湖區。其中，最引人矚目的是：園區正中央低漥處，規劃有一座金門島地型的「島湖區」，把金門島上各村落調查發現的六十四尊「風獅爺」，以一比一石雕原型複製，同方位安置於相對村落的位置，冀望成為「風獅爺」特色公園，為解除軍管的戰地金門增加觀光賣點。

復育計劃經費有具體著落之後，「尚義環保公園」工程於民國八十五年正式招商發包，承商經過三個寒暑的施作，於民國八十八年四月完工報請驗收，但因初驗時發現諸多缺失，業管單位要求承商改善後再申報複驗。豈料，於改善缺失期間，遭逢超級強烈颱風「丹恩」侵襲，造成諸多施作工程嚴重毀損，以致全案遲遲無法完成驗收；更不幸的是，時逢國內爆發金融風暴，市場貨幣緊縮，承商土地資產嚴重套牢，股票連續跌停下市，公司宣布破產，未完成驗收的「環保公園」，於漫長的法律訴訟期間土崩瓦解、蔓草叢生，再度淪為景象荒涼的廢墟。

民國九十三年「環保局」奉命進駐收拾殘局，雖然，園區土壤貧瘠植栽不易，但在林務所等單位的指導協助下，員工胼手胝足，有計劃的進行客土改良與植栽綠美化，經過三年多的努力，使整座公園綠意盎然，處處鳥語花香，展現欣欣向榮的景象；無論從那一個角落望去，園區盡是一抹濃得化不開的綠，除了廣植數百種花草樹木之外，島湖與階梯池裡亦有多種水中生物和植物，吸引各種昆蟲與鳥類棲息，使園區成為多樣性的生態公園，為金門提供生態解說與環境教育的場地，足可增加民眾對空氣品質與環境保護的認知，且成為中、小學生良好的戶外生態教室。

尤其，園區正中央「島湖區」內，置有六十四尊大大小小的風獅爺，那是金門島上所有風獅爺的「分身」——複製品，也就是島上各村落的「守護神」，全部請到「環保公園」大集合；爰因風獅爺體態有高大、也有嬌小；諸如：金寧鄉安岐村的最高大，達三百八十五公分；而金沙鎮東珩村的最迷你，僅有二十二公分。而且，每一尊風獅爺的姿態不同，有站立、有蹲踞、有蜷伏、有仆臥或斜趴，各

金門尚義環保公園島湖區內六十四尊風獅爺林立一景。（林怡種　攝）

種姿勢都有，形成一片石雕風獅爺林，展現獨特的人文景觀，饒富地方色彩，蔚為奇觀！

風獅爺雕塑藝術之精華，在於儀態表情，全金門六十四尊風獅爺集合在「環保公園」裡，人們徜徉其間，很容易發現每一尊風獅爺的表情迥異，有張嘴獠牙、有呲牙咧齒、有怒目猙獰、有……、有馴良溫和、更有仰天長嘯，應有盡有，各具特色，但最大的共同特徵是：瞪著圓凸的雙眼、嘴闊呲牙，展露出虎視眈眈，威武勇猛「百獸之王」的姿勢，一副隨時準備吞噬風沙和妖魔鬼怪的神態。

事實上，風獅爺有雄獅、也有母獅。部份坐姿的雄獅顯露生殖器，雌雄立判，一目了然，自不待言。再者，從其手中持握的佩飾，也可以清楚分辨性別，譬如說：手持朱筆、帥印的是「文獅」，或手持刀劍、令旗的是「武獅」，以及拿著銅錢或葫蘆者，均屬雄獅；相對的，少部份胸前佩掛著彩球或鈴鐺者，就屬母獅了。

一般而言，各村落的風獅爺，都經過「開光點眼」神格化的儀式，扮演村落「守護神」的角色，善男信女會主動為其穿戴披風、插金花，跟前配置香爐，逢年過節或迎神賽會活動，家家戶戶都要備三牲素果到其面前祭拜，祈求鎮風止煞，驅邪避凶！

而集合在「環保公園」的「分身」，與各村落「本尊」最大的不同點，在於園區內的風獅爺，並未經過「開光點眼」的儀式，自然沒有穿戴披風，跟前只設解說的大理石碑，赤裸裸地石雕藝術呈現在陽光下，純粹僅供遊客參觀瞻仰而已！

認真說，金門擁有這樣一座風獅爺林立的公園，展現獨特的人文景觀，饒富地方色彩，放眼全世界，保證絕對是「只此一家、別無分號！」所以，「金門尚義環保公園」，也稱為「風獅爺公園」；自民國九十六年七月，配合環島南路拓寬成四線道竣工通車，同時正式對外開放參訪，每天蒞園賓客與鄉土教學的學生絡繹於途，許多遊客徜徉於風獅爺之間瞻仰或拍照，每每流連忘返！

值得特別注意的是，園區的地勢高處，豎立一尊巨型石雕風獅爺，堪稱是「世界之最」，當年由台金兩地「國際獅子會」的獅友們，共同出資打造捐獻，獅身高達十二公尺，由兩百八十八塊花崗石雕塑，分二十層堆砌而成，包含石材基座共有十六公尺高，矗立在蒼翠的林木之中，成為金門的地標，讓從尚義機場出入的旅客，都能瞻仰其守護金門的英姿。

為什麼風獅爺是金門的守護神呢？肇因於元代金門設鹽場，大舉砍樹煎鹽；明末清初，鄭成功以金門為「反清復明」的根據地，為攻打台灣大舉伐木造艦；隨後，清兵攻佔金門之後，惱怒於金門是「抗清」的大本營，因而多次放火燒山，連續兵燹災禍，飽受蹂躪的金門，淪為童山濯濯的荒涼海島，風沙為患，居民貧困。

事實上，昔日海島的金門，冬天東北季風強勁，到處黃沙滾滾遮天蔽日，不利農耕畜牧，居民無以為生，壯年男丁紛紛挽著包袱「落番」，到南洋群島討生活，留在家鄉的老弱婦孺，每每過著飢寒交迫的日子，更因早年教育不普及，居民普遍不識字，生活知識貧乏，大家深信「百般病，由寒引起！」再不然，身體上有病痛，咸認是住居風水不對，有神鬼在捉弄所致，尤其，生了病無處就醫，只得聽天由命等死，若非算命、卜卦問運途，就是到廟裡拜菩薩、求王爺賜符令保平安。

當然，以現代人的眼光來看，生病求神拜佛「乞香灰、喝符水」，那是愚不可及的「迷信」，可能延誤就醫導致病入膏肓，但是，在那個缺少醫藥的年代，先民身體有病痛求助無門，束手無策，在遭遇人力無法解決困境，往往求助神力。畢竟，古今中外，宗教是一種信仰，信仰能產生力量，足以紓解面臨死亡的恐懼與不安。君不見，即便是今日教育普及、民智大開，科技昌明與醫藥發達，許多人遇到困惑與病痛，亦常藉宗教增加對抗病魔的信心與勇氣。

因此，昔日的金門，特別是東半島的村落，常常在廟前或村郊風口處，豎立石雕風獅爺，稱為「石獅爺」、或「石頭公」，祈望能鎮風止煞、驅邪避凶，福佑村民平安順遂、五穀豐登。因為，居民恐懼寒風、也害怕妖魔鬼怪，而獅子是「百獸之王」最為兇猛，以堅硬的石材雕塑張著大口的獅子，展露呲牙利齒鎮守村口作為「守護神」，才能吞噬入侵的寒風與妖魔，福佑村民！

「風獅爺」有許多種造型，安置於村落向風處鎮風砂的「石頭公」，體型較大，普遍以堅硬的石材打造，其守護的範圍涵蓋整個聚落，為全村信眾所膜拜，屬於公設性質，稱之為

「村落型風獅爺」；其次，有鑲嵌屋脊或牆垣的風獅爺，體型較小，有石雕、也有泥塑，為屋主一家私有，大抵以作為住宅風水避邪居多，其職責僅守護一戶人家，為私有資產，通常稱為「屋頂風獅爺」或「壁垣風獅爺」，但無論名稱為何，均具備「鎮風止煞、祈祥求福」的意義。

民國八十五年金門成立「環保公園」，安置所調查發現的六十四尊風獅爺，如今，事隔十五年，金門有多少尊風獅爺呢？我想尋找正確的答案。

首先，透過搜尋引擎輸入「金門　風獅爺」等關鍵字，然後，仔細從網頁上一筆筆的尋找，包括金門縣政府文化局、金門國家公園管理處，以及學術單位、民間鄉野採集文史工作者、尋獅專家等網頁、部落格與相關報導，所出現的資料：有七十餘尊、也有八十餘尊，更有總計一百二十餘尊的統計報告，身為金門人，找了大半天，竟找不到正確的答案，我啞然失笑！

也許，時間巨輪不斷的在推移，有許多村落因開發整建需要，新的風獅爺陸續豎立，相對的，也有部份村落的風獅爺遭竊失去蹤影，更有早年因戰亂被拆去構築防禦工事的風獅爺，又相續出土重見天日！所以，金門確實有幾尊「風獅爺」，想要獲得標準的答案，恐怕要費一番工夫！

事實上，近兩年來，至少有三尊落難蒙塵超過六十年的風獅爺，村民苦尋數十寒暑沒有著落，卻在充滿神奇的情況下被意外發現，被挖掘出土重新面世。其中，一尊是本人在菜園裡無意間挖掘出土，另一尊是排雷施工與植樹發現，各具有一段神奇的故事。

■我發現失落六十年的風獅爺

時間：民國一百年三月

「有宮廟的村落，就有風獅爺！」我出生的老家——金沙鎮洋山村，自然也不例外。

話說金門東半島「過西」臨海的洋山村，一百多戶人家的聚落，先民普遍來自對岸的廈、漳、泉一帶，住著閩南式的紅磚瓦厝；幾百年來，村民和島上的居民一樣，靠耕種蕃薯與在海灘插石養蚵過生活，繁衍下一代。

唯一和其他村落不同的是，洋山村並非單一姓氏的聚落，以「清陽衍派」的蔡姓、「清河衍派」的張姓、「太原衍派」的王姓，以及「瀛洲傳芳」的林姓較早前來墾拓，分佈在村落之西一帶，稱為「西堡」；相對地，比較晚到的「潁川衍派」陳姓，則住在村落之東，稱為「東堡」。

村民們彼此和睦共處，耕織漁稼、通婚嫁娶，各宗族建有家廟，傳承家族脈絡，象徵子孫不忘本源。雖然，村民源自不同衍派，卻擁有共同的信仰，西堡居民在海邊建有「福海宮」、東堡則建有「東堡宮」；供奉神靈膜拜，祈求福佑風調雨順，合境民安。

民國三十八年大陸風雲變色，「國、共」內戰加劇，「徐蚌會戰」國軍慘敗，元氣大傷，五月共軍渡過長江，揮軍南下勢如破竹，國軍招架無力節節敗退，京、滬相續淪陷，十月十七日共軍「解放」廈門，湯恩伯率潰散的國軍殘餘部隊轉戰金門，開始沿著北海岸挖掘戰壕、構築防禦海堤嚴加戒備，以防阻共軍渡海進犯。

國軍部隊潰敗退守金門，由於島上並無軍營或陣地，官兵皆借宿民宅或廟宇，往往一間四合院裡，官兵在大廳打通舖，而屋主一家人被迫擠睡在兩旁的櫸頭；因共軍南下一路「攻無不克、戰無不勝」，頭目被勝利沖昏了頭，大家爭著「打第一仗、立第一功」，趾高氣昂到目中無人，根本不把敗逃到金門的國軍殘餘部隊看在眼裡，目標早已瞄準海峽的彼端——台灣。

據說，共軍在「解放」廈門之後，頭目葉飛盛大慶功宴請地方幹部，席間用筷子指著餐盤說：「金門就是這盤中的一塊肉，想什麼時候夾進嘴裡，就什麼時候夾，跑不掉的！」然後，哈哈大笑舉杯暢飲。除此之外，共軍出兵之前，每個人口袋發兩把花生米，以作充飢，誓師出發前，發號司令員指著金門的太武山：「明天，我們在太武山上吃早餐！」

同時，已任命了新任「金門縣長」，而且，主攻團的幾艘大船上，載著大量新印製的人民幣，還有幾十條毛豬，均為一舉「解放」金門慶功論賞。此外，船上也載著許多嶄新的辦公桌椅。總歸一句話，共軍犯了「輕敵」的兵家大忌，只為勝利歡呼作準備，沒有為失敗留餘地。

由於大嶝島海面大小漁船不斷集結，共軍攻打金門跡象愈來愈明顯，金廈海峽戰雲密佈，戍守金門的官兵亟需構築防禦工事保命，但島上缺少鋼筋、水泥和石塊等建材，倘若從台灣運補緩不濟急，且在兵荒馬亂情勢危及的情況下，官兵只得就地取材，開始拆除寺廟、祠堂、和無人居住的空屋，取其磚塊、石材、杉木與門板，包括到海灘蚵田拔取蚵石，甚至，連墳墓的石碑也不放過，統統拿去堆疊成阻絕護身的防禦工事。

我們家也有乙間一落二櫸頭的空屋，被國軍拆除構建防禦工事；並由福建省政府主席胡璉（亦即金門防衛司令部司令官胡璉將軍）具名開立借據——福建省政府證明書，內容以鉛字印刷：「查金門金沙區營山村參伍式戶住民林成補因遭共匪侵擾受戰事直接間接之損失（如右表列）除俟本府收復大陸後酌予賠償外合給證明書為憑。主席　胡　璉　中華民國　三十九年　九月　日」

而右表列則為：「借　據　項別：大厝壹間　損失情形：被拆征用工事　價值（受損時值銀元）式佰陸拾圓。」

國軍開始拆屋建構防禦工事，洋山村

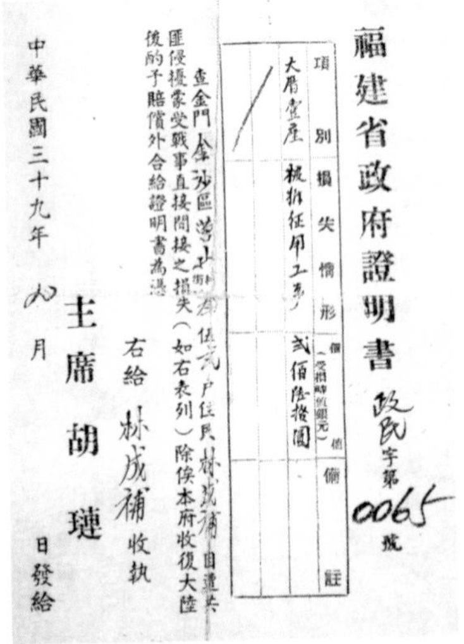

福建省政府證明書　政民字第0065號

項別	損失情形	價值（受損時值銀元）	備註
大厝壹屋	被拆征用工事	式佰陸拾圓	

查金門金沙區營山村參伍式戶住民林成補因遭共匪侵擾受戰事直接間接之損失（如右表列）除俟本府收復大陸後酌予賠償外合給證明書為憑

右給　林成補　收執

主席　胡　璉

中華民國三十九年九月　日發給

本文作者祖父林成補，房屋被拆構築防禦工事借據

位於海邊的「福海宮」首當其衝，東堡的「東堡宮」也不能倖免，還有一些宗祠、空屋、柴間等等，統統遭拆除取石的命運。因此，短短的十幾天，金門島的北海岸，北起官澳、洋山、瓊林至安岐、古寧頭沿岸，構築起一道海堤與戰壕防線，其間還包括許多碉堡。

果然，十月二十五日深夜，共軍徵集二百餘艘大小漁船，發兵三個野戰團，共計九千餘兵力摸黑渡海攻打金門，幸好，國軍早先一步在沿岸構築防禦工事，有效狙擊共軍於灘頭，才能贏得全面勝利，穩住頹敗的陣腳，開啟隔海對峙的局面。

洋山村「福海宮」被拆去構建防禦工事之時，廟裡供奉的「大宋三忠王」諸菩薩，只得暫奉民宅，由於村後駐有國軍二個砲兵連，八門一五五加農砲一字排開瞄準廈門、大嶝、蓮河一帶；民國四十七年「八二三砲戰」期間，雙方砲火互轟，全村落彈無數，絕大多數房屋被炸成瓦礫廢墟或斷垣殘壁，唯獨暫奉「三忠王」神靈的一幢雙落厝，樑柱片瓦毫髮無傷。

民國五十一年，兩岸敵對砲火仍然熾烈，雙方維持「單打雙不打」的狀態，島上居民被砲彈炸死、炸傷者時有所聞，洋山村民感於「三忠王」威靈顯赫，東、西堡的居民乃協議達成共識，決定在交接處興建「營源廟」安奉「三忠王」，祈望宋朝末年，三忠義之臣文天祥、陸秀夫、張世傑的浩然正氣，能福佑風調雨順、國泰民安。

「營源廟」經過二十年的風雨歲月侵蝕，樑柱遭白蟻啃噬，善信踴躍捐輸，於民國七十一年重新整修，嶄新的「營源廟」依山面海，金碧輝煌，如同楹聯亮麗的鐫刻：「開尊營源觀瀚波，汶水迴洋同枝春。」每年農曆的九月十六日，善男信女設醮請戲酬神，全村老少總動員，人人虔誠參與，王爺神輿遶境巡安，旌旗飛舞、鑼鼓喧天，鞭炮聲不絕於耳，熱鬧非凡！

民國六十八年元旦，共軍宣布停止對金、馬群島砲擊，民國八十一年十一月七日，金門宣佈終止「戰地政務」實驗，兩岸關係逐步改善，民國九十年元月金廈試辦「小三通」，兩岸重啟交流新頁；國軍逐步實施「精實方案」，自外島逐步撤軍，同時，海防碉堡、海堤和鐵絲網相繼鏟除，並全面展開排除地雷作業。

民國九十六年五月，我從任職超過三十一年的金門日報社，奉令調職金門

金沙鎮洋山村「福海宮」於民國三十八年被國軍拆取石材、杉木構築防禦工事所留遺址。（林怡種　攝）

環保局，告別日夜顛倒的編報生涯，也無繳稿壓力，開始過著「朝八晚五」的正常公務員日子。

環保局有一位老前輩同仁——「國泰伯」，是環保局於民國八十九年自衛生局分家獨立「成局」時的元老，所以，舉凡局內大、小事務瞭若指掌，也樂於助人，新進人員有任何疑難困惑請教，均能「有求必應」，堪稱是「鎮局之寶」！

「國泰伯」利用晨昏公餘時間，於自家屋前屋後種菜、植瓜，不但一家人有吃不完的「無毒」蔬菜，還常常大方分送同仁，他秉持「要活，就要動」的真理，每天早睡、早起，藉以勞動流汗，看著辛勤澆灌的作物成長、開花結果，日子過得健康、快樂！因受其感染與指導，我也開始「東施效顰」，利用工作餘暇回老家洋山村，於屋後的空地栽種蔬菜。

民國一百年的春天，依照老祖宗留下「上元暝，種瓜生甲壓倒棚！」的經驗傳承，我為避開寒流低溫，先用培養皿，以泥碳土於室內播下黃瓜、南瓜和絲瓜的種子，期待發芽、成長之後，再俟機移株田地裡。

我利用一次雨後土地濕潤的假日，將屋後一小塊「銀膠菊」叢生的畸零地加以整理，因為，那塊地以前是海灘，民國三十八年國軍在上面構築防禦海堤，並架設鐵絲網，海堤外則埋設各種地雷，防止「水鬼」摸上岸；而土堤內側，則挖掘有戰鬥壕溝，串通防護射擊散兵坑。

國軍撤軍之後，配合鄉村整建，在舊堤防外構建二線道的道路新海堤，原有土石海堤經怪手鏟平後，長出許多「銀膠菊」。那是一種外來入侵的毒草，不但生命力強勁、蔓延迅速，吞噬許多原生種植物，且開花時節花粉隨風飄散，引起許多人鼻子過敏。所以，整地種瓜，既可除去毒草，亦將有瓜果採收，兼可勞動健身，能有「一舉三得」，何樂而不為？

我用鋤頭除去表土的「銀膠菊」，繼而展開鬆土，不經意間，鋤頭挖到石塊，發出「鏗」的一聲，我小心翼翼地撥開石塊週邊的泥土，試圖了解石塊之大小，希望能順利挖出移走，但令人失望的是，石塊深入地層、體積頗大，倘若單憑一己之力以鋤頭挖除，恐怕力有未逮。

本來，整地種菜挖土遇到大石塊，只得選擇放棄一途。但繼之一想，人生道路千百條，只前面的道路被擋住了，不一定要直接硬衝，可以選擇繞道迂迴。畢竟，種植瓜果或蔬菜，只要有三、四十公分表土即可，既然石塊無法挖出移去，若以鎯頭把凸出敲掉，亦是可行的選項之一。於是，我信步走回家裡，找來一把大鎯頭，對準已挖掘露出表土的石塊用力敲擊，連續敲打十多下，頓覺氣喘如牛、口乾舌燥，而石塊卻絲毫沒有破損或裂痕的跡象。

按照以往的經驗，唸高中時為打工賺學費，寒、暑假常跟隨土水師造屋、鋪路，曾拌過水泥、敲過石塊；換句話說，我是做粗活出身的，要敲碎凸出地表的石塊，應是輕而易舉的事。而且，我相信「人定勝天」的至理名言，相信只要找出石塊的紋路使力，定能迎刃而解，何況，古人有云：「只要有恆心，鐵杵磨成繡花針！」

我回家喝了一杯茶水，略事歇息之後，又繼續以鎯頭敲擊。雖然，歲月不饒人，已逾知天命的年齡，但自信平常有在運動，年老體未衰，於是，我更用力的敲擊，可是，石塊依然紋風不動，只有敲擊處微微破皮而已！

我感到百思不解，決定暫時停止敲擊，再更深一層清除石塊四周的泥土，先用鋤頭深掘泥土，再徒手清理石塊周沿，漸漸地，感覺到石塊並非一般雜石，表面似乎有經過人工雕琢的痕跡，所以，繼續用手清除四週的泥土，果然，現出一尊狀似風獅爺的頭顱，我跑回家問父母與鄰居叔伯，探詢以前村裡是否有風獅爺失落？

母親與多位鄰人叔伯趕到現場，咸認石塊就是一尊風獅爺，有位耆老表示：前些日廟裡長老們在聊天，曾談及民國三十八年以前，「福海宮」門前有一尊風獅爺，國

金沙鎮洋山村「福海宮」前失落逾六十年的風獅爺被挖掘出土，重見天日。（林怡種攝）

軍拆廟之後，風獅爺下落不明！

天呀！我以鋤頭用力敲擊的石塊，竟是一尊村內失落逾六十年的風獅爺，雖然，蒙塵落難地底超過一甲子，但是，似乎神威仍在，難怪任憑我使命地用力敲擊，絲毫沒有破裂的跡象，換作其它石塊，早已四分五裂！

母親趕回家裡拿來「順盒」和香燭、金帛，在風獅爺前方跪地祭拜：「風獅爺！剛才戇弟子不知影您在這裡，用釘仔錘大力敲頭，卡實是唔知影，好佳在！並無造成什咪大傷害，請您一定要原諒！也請您保庇全村大小平安順遂！」燒完金帛之後，母親又同樣再跪拜禱告一番。

我撥打手機，電請孔武有力的堂弟前來幫忙，一起小心翼翼地撥開泥土，費了一番工夫，才把深埋地底逾六十寒暑的風獅爺挖掘出土，重新面世。事後，我一直反問自己：「從高中畢業離鄉，近三十餘年公務生涯之中，未曾拿過鋤頭，而今，為什麼會再拿鋤頭？又不偏不倚選在風獅爺藏身地下鋤？為什麼我使命用力敲擊幾十下，風獅爺的頭顱不會碎裂，僅微微一絲傷痕而已？……」

洋山村失落逾一甲子的風獅爺，重新出土面世，村民至感興奮，耆老請示「三忠王」，獲指示將於良辰吉日擇地安座，恭請繼續擔任村民的「守護神」，護佑合境平安！

■我聽聞排雷發現風獅爺

時間：民國一百年十二月

這是我金大同學，現任金寧鄉代表會主席楊萬山，與「一百年崇右採購班」的同學，現職金門林務所技佐鍾立偉，分別述說官澳海岸排雷區發現風獅爺的故事，特予記之。

話說民國一百年秋天，我與楊主席一同當楊天厚博士的學生。楊老師與夫人林麗寬博士，夫唱婦隨，作育英才餘暇，攜手深入民間作鄉野採集，致力於金門文史工作研究，已合力完成《金門俗諺採擷》、《金門的民間慶典》、《金門風獅爺與辟邪信仰》、《金門民間戲曲》《金門高粱酒鄉》等二十餘部著作，而且，賢伉儷好學不倦，還一起進修向學，分別順利榮獲博士學位，皆在國立金門大學兼課。

在上學期末有一堂課，同學們以「金門風獅爺」為探討課題，其中，討論到民國三十八年「國、共」爭戰期間，有部份村落的風獅爺蒙難失去蹤影，一如本身是官澳人的楊天厚老師，在其出版的《金門風獅爺與辟邪信仰》一書中，即詳細記載：

> 官澳村位於金門東北角，是島上重要的穀倉及渡口，有香火鼎盛、遠近馳名的古老寺廟——「龍鳳宮」，因屬三面環海的聚落，特別需要風獅爺協助村廟警戒任務，無奈

民國三十八年左右，原日夜駐守村郊執勤的兩尊石雕風獅爺，竟相繼無端失蹤。直至民國八十四年，信眾才至對岸南安崇武，委託石雕師傅重新以花崗石打造兩尊風獅爺，雌雄各一尊，均屬村落型，雄獅恭塑在村後路邊靠天摩山方向，雌獅則恭塑在臨近馬山路旁，除了替歷史作見證，也方便觀光客參訪瞻仰。

而親屬承包排雷業務，協助施工作業的金寧鄉代表會楊主席，適時上台作補充說明，敘述在官澳村海岸排雷時，曾先後發現失落超過六十年的風獅爺，情節略以：

自民國三十八年「國、共」兩軍隔海重兵對峙，為防止共軍進犯，金門海灘除了構築軌條砦，也布置鐵絲網，並埋下大量各式地雷，隨著兩岸關係日漸和緩，島上駐軍大量撤離之時，海岸地雷仍對居民構成威脅，為配合繁榮地方推展觀光，因此，國防部依據民國九十五年六月十四日總統公布的「殺傷性地雷管制條例」，編列預算執行排雷計劃，由軍方採自力、與委商方式併進，希望在民國一〇二年執行完畢，還給金門一個無雷的人間淨土。

民國九十八年三月，排雷作業在官澳村海岸一帶展開，由於排雷作業極具危險性，被稱為是「十足玩命的工作」，因為，埋在海灘的地雷種類繁多，且年代久遠，復經日曬雨淋與海水浸泡，許多早已鏽蝕不堪，但仍深具爆炸殺傷力，正因鏽蝕不堪，處理起來比新雷難度更高、更具危險性。

人類在遠古時期，就懂得在地上挖坑作陷阱，用於捕捉動物，衍生到近代配合火藥運用在戰場上，成為爆裂性具殺傷力的地雷；只要人畜誤踩或牽動引信，即會扇狀炸開，數十公尺內都會造成傷亡。

金門島上當年為防禦需求在海岸布置地雷，施作簡單、容易，挖個淺坑掩埋即成，但因年代久遠，排除就困難重重，排雷人員是在「雷深不知處」的環境下工作，一旦進入雷區，每一步都要很小心，聚精會神依照標準作業程序進行。

目前，地區軍方除了編組「排雷大隊」，也委請國外專業排雷業者參與。掃雷是以精密的金屬探測儀器，感測地表下約三公尺的金屬物質，一旦有金屬物存在感應，就得小心翼翼挖除旁邊泥土，將地雷引信拆除後移走。但是，儀器感應到地表下的金屬物，未必都是地雷，每一件都得依安全程序進行處理，所以費時費事，有時一整天前進不到兩公尺。

當然，為了安全起見，施工之前均須劃定管制區，拉出警戒線，並透過報紙廣告和電視媒體公告周知，必要時還得派出警戒員，勸離擅自靠近的閒雜人、車，以策安全。所謂「不怕一萬、只怕萬一」，諸如前些年，下湖水庫施工排雷不慎引發爆炸，造成辛巴威籍工程人員二死一傷的不幸事件。換句話說，排雷作業十分危險，施工人員必須事先接受專業訓練，並配備精密儀器與安全防護才能進入管制區，一般閒雜人不得靠近，以達到「零危安、零傷害」的預期目標。

官澳海岸排雷作業，在工程人員小心、謹慎情況下緩步進行，三個多月之後五月九日，有一位六十歲開外的老阿伯，前來向施工人員表示，他夢見附近有一尊風獅爺，希望排雷作業時多加小心，怪手挖到石塊宜多加留意，不要敲擊以免損壞，若發現風獅爺請通知一聲。

的確，大家都知道排雷作業很危險，一般人都不敢輕易靠近警戒區，唯獨在官澳海岸施工，有一位老阿伯表示夢見附近有一尊風獅爺，施工人員半信半疑，但為了安全起見，經應允所求，委婉勸導儘速離開警戒區。

事實上，海岸排雷作業，利用精密電子探測儀器，地底數公尺內任

右：民國九十九年金門地區慶祝植樹節，軍民於官澳海岸植樹二千八百株，林務所事前整地時無意間挖出一尊風獅爺。（鍾立偉　攝影提供）
左：民國九十八年五月十二日排雷承商於官澳海堤作業發現失蹤六十年的風獅爺。（照片由楊萬山先生提供）

何金屬物品均一一現形，就像在古寧頭海灘，就曾掃瞄到二十幾條彈帶，進而挖出當年參戰陣亡兵士就地掩埋的骨骸，交相關單位重新妥適安奉，避免繼續曝屍荒野，也算功德一樁。

說也奇怪，官澳海岸排雷初期，確實沒有發現風獅爺的蹤影，老阿伯前來述說夢境之後，工程施作特別謹慎小心。三天後，也就是五月十二日早上，老伯又再度前來工地，表示昨天晚上，又再次夢見附近有一尊風獅爺，再次要求作業多加小心留意。

排雷工作人員反問：「您看過風獅爺嗎？」阿伯說：「他雖是民國三十八年以前出生的，但當時年幼，又經過六十幾年，即使曾看過，也完全沒有記憶了！」阿伯強調：「沒有人告訴他，也沒有親眼看過風獅爺，但在夢裡看得很清楚，差不多是一個人的半身高！」

果然，當天施工作業，大約在十點時分，怪手即挖出一尊風獅爺，高約九十公分，雙足蹲踞寬約三十公分，右手持朱筆、左手執令印，與阿伯夢見的情形不相上下，工作人員莫不嘖嘖稱奇，感認風獅爺神威仍在，所謂「舉頭三尺有神」，傳言不虛！

排雷工程發現失落逾六十年的風獅爺，協調施工作業的楊主席，趕緊到沙美街上購買三牲素果和香燭，與工作同仁一起焚香祭拜後，立即通知官澳社區，把重見天日的風獅爺奉還官澳村民，暫時安置斜躺於「龍鳳宮」旁。

重新出土的風獅爺，經村中耆老確認，正是民國三十八年「龍鳳宮」前失蹤的風獅爺。

另外，事隔八個月之後，也就是民國九十九年二月，林務所在排雷後的海岸整地植樹，又發現另一尊失落的風獅爺，同樣交還官澳村民，也暫時安置於「龍鳳宮」旁。

獲悉另一尊出土的風獅爺，是由林務所植樹時發現，腦海立即閃現「崇右一百年金門採購班」四位林務所同期同學，首先，是座次在我正後方的鍾立偉，我點「臉書」聊天室，正好他在線上，輸入盼獲得答案的文句，很快地，即獲得回應：「是的，九十九年植樹節活動在官澳排雷後的海岸舉辦，二千五百位軍民合力種植完成兩千八百株原生林木，整地時候發現一尊風獅爺，因是怪手整地時無意中挖到的，所以，造成右耳有一些傷痕，真是抱歉！」三分鐘後，鍾同學把風獅爺出土時，他在現場拍攝的系列照片傳進我的信箱，展現高度熱忱與辦事效率，令人佩服。

因此，官澳村民失落的兩尊風獅爺，在深埋雷區六十年後重見天日，吻合楊天厚博士《金門風獅爺與辟邪信仰》一書中記載：「無奈民國三十八年左右，原日夜駐守村郊執勤的兩尊石雕風獅爺，竟相繼無端失蹤」。果然，原日夜駐守村郊執勤的兩尊石雕風獅爺，均為戰備需求被國軍拆去構築防禦海堤。如果說，風獅爺的職責是「鎮風止煞、驅邪避凶」，那麼，當時金門最需要守護的，是來自對岸的入侵者，而風獅爺犧牲自我，委屈地「挺身」當成石材構築防禦工事，被鐵絲網圈籬在地雷區內一甲子，六十年來善男信女無法接近膜拜，卻仍默默地守護著金門，何嘗不是善盡職責，功德圓滿！

如今，金廈海峽砲聲逐漸遠颺、兩岸關係日趨和緩，二尊失落六十年的風獅爺相繼挖掘

出土重見天日，官澳村民除了欣喜，也咸認風獅爺真的有靈驗，村中耆老請示王爺，將研議重新擇地安座，祈望再扮演村落守護神的角色，庇佑四方安居樂業。

至少說出一個理由

升國中那年，也就是民國五十七年，全國同步延長九年國民義務教育，台灣本島師資不足，烽火漫天的戰地金門，更是一師難求。

當時，金門仍是貧窮落後的荒島，教育不普及，能到台灣讀大學的人不多，尤其，國、共兩軍隔海對峙，遍地烽火、硝煙漫天，生命朝不保夕，讀完大學願回戰地服務的更少，因此，只要是大學、專科或五專畢業，不論科系，也不管有沒有教育學分，皆可聘任為教師。

尤其，數學、理化與英語科教師奇缺，民間找不到教師，只得向金防部借調軍官支援，因此，校園裡常常可見軍官出入，或站在講台上課，甚至，一個學期下來，某一個科由陸、海、空三軍授課，也不足為奇。

記得有一學期，歷史科的老師，剛自大學法律系畢業，講課時咬文嚼字、慢條斯理，嘴邊經常掛著「至少說出一個理由」的口頭禪，舉凡課堂上學生打瞌睡、調皮搗蛋或不專心聽課等行為，必定會被喝令起立，除非能說出一個正當的理由，否則，只好乖乖罰站到下課。

一般而言，學生上歷史課聽老師「講故事」，本來是一項快樂學習的課程，卻因老師是

學法律的，職業本能「三句不離本行」，上起課來就像法官在審案。於是，教室裡聽課的小蘿蔔頭，人人正襟危坐，戒慎恐懼地睜大眼睛聽講，深怕一個不小心，會被點名罰站。

也許，面對宛若「法官」的老師，學生心生畏懼，若不專心聽課，得「至少說出一個理由」，然在全班同學眾目睽睽下，所掰出來的理由，並不一定能說服老師，所以，部份平日調皮搗蛋的同學，每當上「法官」的歷史課，都乖乖地聽課，沒人願自找麻煩接受「審訊」？

當然，昔日幼小的心靈裡，只是怕被點名罰站，但是，老師「至少說出一個理由」的那句口頭禪，卻深深烙印在腦海深處，影響至深且遠。因為，在人生的旅途之中，每跨出一步，或作每一件事，都先問問自己，為什麼要這麼做？能不能這麼做？最起碼，要有一個理由說服自己，才能說服別人。

如今，年過半百，回首前塵往事，四十年前「法官」老師講課的神情依然歷歷在目，而齊聚一堂接受教誨的同學，不少人成為社會菁英，有人當上將軍、有人成為教授、有人選上三屆立委、有人成為警局局長、有人成為高階公務員，或企業家，在各個專業領域嶄露頭角。雖然，庸碌如我者不在少數，但難能可貴的是，沒有人為非作歹、或作奸犯科，大家都有個美滿的家庭，在工作崗位上貢獻一己之力。

所謂「人心向善，福雖未至，禍已遠矣！」慶幸的是，當年能獲「法官」老師的啟蒙，人人循規蹈矩，終身受益不盡，能不感激在心？

一首難忘的歌

民國六十四年，金門仍然是砲聲隆隆、硝煙四起的戰地，島上實施「戰地政務實驗」，全島軍民在金門防衛司令部司令官集黨、政、軍一元化領導下，時時枕戈待旦，防止共軍進犯。

那一年二月，我初入公門，在金門衛生院謀得臨時性的約僱人員工作，除了應承辦的採血檢驗業務之外，也編入民防自衛部隊組織，定期與不定期接受軍事戰鬥訓練，隨時準備支援國軍作戰。

當時，金門防衛司令部司令官是夏超上將，曾經至少兩次蒞臨檢驗室視察，由於我是後來加入工作小組的「新兵」，所分配的座位就在檢驗室的入口處，民眾洽辦業務，理應起身應對；長官蒞臨視導，也是首當其衝無可逃避。換句話說，坐在那個位置，是最不能摸魚打混的地方。

因此，夏司令官先後兩次蒞臨檢驗室，我看得最清楚，他的左眼是假的，與傳聞完全吻合。據說，夏超十五歲即毅然投筆從戎，雖非出身黃埔軍校，但在近五十載的戎馬歲月，轉戰大江南北，就在駐防大陳島期間，在一次部隊丟擲手榴彈訓練課程中，有位戰士一時緊張手軟，將已拔去安全插銷的手榴彈丟落於身旁，夏超見狀奮不顧身趨前撿起拋出，雖讓現場官兵倖免於難，但手榴彈瞬間爆炸，自己來不及臥倒閃避，被爆裂彈片炸傷一隻眼睛失明。事後，夏超不但沒有怪罪該名戰士，反而豁達經常自我解嘲，認為以後看什麼事物都能「一目了然」，「獨眼將軍」風範傳為美談。

夏超於對日抗戰身先士卒、驍勇善戰，負傷不退縮，功業彪炳獲長官器重，三十歲即擔任團長。民國三十八年大陸風雲變色，隨國軍撤退入閩，晉升副師長，由李光前接任團長，部隊奉令登陸金門增防，隔天即爆發「古寧頭大戰」，經過三晝夜的激戰，團長李光前不幸壯烈成仁，所幸國軍打了一次漂亮的勝仗，扭轉節節敗退的局勢。

民國四十七年「八二三砲戰」期間，夏超戍守大膽島，砲戰勝利後原本準備升任三十三師師長，卻突被徵調擔任「雲南反共救國軍」副總指揮兼教導總隊長，統籌游擊部發展與訓練，經縝密運籌帷幄，人員擴充迅速，壯大反共救國軍聲勢，並經常攻入雲南，所佔領的區域勢力範圍比台灣大很多，官兵士氣高昂，共軍為之震驚，乃與緬甸政府勾結，向聯合國控告，迫使我游擊隊撤退來台。

夏超將軍一生效命疆場，鞠躬盡瘁，先後參與過抗日、戡亂、金門古寧頭戰役、八二三砲戰，「雲南反共救國軍」敵後打游擊，返國後歷任東引、馬祖、金門防區司令官，為國立下無數汗馬功勞，在中華民國軍事史上很少有人能出其右，堪稱是「百戰英雄」；能有此項殊榮，與其臨危不亂、清廉自持，真誠愛護部屬有關。

至於夏超為什麼能一直打勝仗呢？答案很明白，因為，他重視戰備訓練，關懷部屬福利，啟導官兵「憑良心做人，抱決心做事」，更重要的是，他認為團結就是力量，因而寫了一首「怎樣打勝仗」的歌，讓官兵傳唱。歌詞：

怎樣打勝仗，大家多商量，
大家多商量，一定打勝仗，
打勝仗，多商量，
多商量才會打勝仗！
怎樣打勝仗，大家多商量，
大家多商量，一定打勝仗！

這一首歌，歌詞很簡單，認真算只有二句話，唱過一遍，即能朗朗上口，記憶深刻。夏超於民國六十四年四月，從馬祖防衛司令官榮調出任金門防衛司令官，即規定金門防區官兵、民防自衛隊、以及公教員工和各級學校學生，全面教唱。因我是金門衛生院的約僱人員，也是自衛隊員，自是不能例外！

由於歌詞言簡意賅，記得當年只在民防訓練時，由教官教唱過幾遍，迄今仍能朗朗上口，更重要的是，在公務界打滾三十餘年，每當遇到需要溝通協調的任務，腦海裡即浮現那幾句歌詞，據以惕厲自勉，都能迎刃解決，圓滿達成任務；特別是年過半百，午夜夢迴，深覺「一首難忘的歌」，在人生旅途上獲益良多！

憶往情深
——炮火下的童年往事

作　　者／林怡種
責任編輯／鄭伊庭
圖文排版／楊尚蓁、王思敏
封面設計／蔡瑋中

贊助單位／金門縣文化局
出 版 者／林怡種
法律顧問／毛國樑　律師
印製發行／秀威資訊科技股份有限公司
114台北市內湖區瑞光路76巷65號1樓
電話：+886-2-2796-3638　傳真：+886-2-2796-1377
http://www.showwe.com.tw
劃撥帳號／19563868　戶名：秀威資訊科技股份有限公司
讀者服務信箱：service@showwe.com.tw
展售門市／國家書店（松江門市）
104台北市中山區松江路209號1樓
電話：+886-2-2518-0207　傳真：+886-2-2518-0778
網路訂購／秀威網路書店：http://www.bodbooks.com.tw
國家網路書店：http://www.govbooks.com.tw
圖書經銷／紅螞蟻圖書有限公司
114台北市內湖區舊宗路二段121巷28、32號4樓
電話：+886-2-2795-3656　傳真：+886-2-2795-4100

2012年7月BOD一版
定價：280元

國家圖書館出版品預行編目

憶往情深：炮火下的童年往事 / 林怡種著. -- 一版. -- 金門縣
金湖鎮：林怡種出版；臺北市：紅螞蟻圖書經銷, 2012.07
面； 公分. -- (語言文學類)
BOD版
ISBN 978-957-41-9183-3(平裝)

855 101010390

讀者回函卡

感謝您購買本書，為提升服務品質，請填妥以下資料，將讀者回函卡直接寄回或傳真本公司，收到您的寶貴意見後，我們會收藏記錄及檢討，謝謝！如您需要了解本公司最新出版書目、購書優惠或企劃活動，歡迎您上網查詢或下載相關資料：http:// www.showwe.com.tw

您購買的書名：＿＿＿＿＿＿＿＿＿＿＿＿＿＿＿＿＿＿＿＿＿＿

出生日期：＿＿＿＿＿年＿＿＿＿＿月＿＿＿＿＿日

學歷：□高中（含）以下　□大專　□研究所（含）以上

職業：□製造業　□金融業　□資訊業　□軍警　□傳播業　□自由業

□服務業　□公務員　□教職　□學生　□家管　□其它＿＿＿

購書地點：□網路書店　□實體書店　□書展　□郵購　□贈閱　□其他

您從何得知本書的消息？

□網路書店　□實體書店　□網路搜尋　□電子報　□書訊　□雜誌

□傳播媒體　□親友推薦　□網站推薦　□部落格　□其他＿＿＿＿＿

您對本書的評價：（請填代號　1.非常滿意　2.滿意　3.尚可　4.再改進）

封面設計＿＿　版面編排＿＿　內容＿＿　文／譯筆＿＿　價格＿＿

讀完書後您覺得：

□很有收穫　□有收穫　□收穫不多　□沒收穫

對我們的建議：＿＿＿＿＿＿＿＿＿＿＿＿＿＿＿＿＿＿＿＿＿＿

請貼
郵票

11466
台北市內湖區瑞光路 76 巷 65 號 1 樓
秀威資訊科技股份有限公司　　　收
BOD 數位出版事業部

（請沿線對折寄回，謝謝！）

姓　　名：＿＿＿＿＿＿＿＿＿＿　年齡：＿＿＿＿　性別：□女　□男

郵遞區號：□□□□□

地　　址：＿＿＿＿＿＿＿＿＿＿＿＿＿＿＿＿＿＿＿＿＿＿＿＿

聯絡電話：(日) ＿＿＿＿＿＿＿＿＿＿＿ (夜) ＿＿＿＿＿＿＿＿＿＿＿

E-mail：＿＿＿＿＿＿＿＿＿＿＿＿＿＿＿＿＿＿＿＿＿＿＿＿